ALFAGUARA INFANTIL

PRÓXIMA PARADA ALFAGUARA

De esta edición

2004, Aguilar, Altea, Taurus, Alfaguara S.A.
Av. Leandro N. Alem (C1001AAP) Ciudad de Buenos Aires, Argentina

ISBN 10: 987-04-0212-7
ISBN 13: 978-987-04-0212-1
Hecho el depósito que marca la ley 11.723
Impreso en Argentina. Printed in Argentina

Primera edición: marzo de 2004
Primera reimpresión: agosto de 2004
Segunda edición: agosto de 2005
Primera reimpresión: mayo de 2006

Dirección editorial: Herminia Mérega
Edición: María Fernanda Maquieira

Diseño de la colección: Manuel Estrada

Una editorial del grupo **Santillana** que edita en:
España • Argentina • Bolivia • Brasil • Colombia
Costa Rica • Chile • Ecuador • El Salvador • EE.UU.
Guatemala • Honduras • México • Panamá • Paraguay
Perú • Portugal • Puerto Rico • República Dominicana
Uruguay • Venezuela

Pescetti, Luis María
Nadie te creería - 2a ed. - Buenos Aires : Aguilar, Altea, Taurus, Alfaguara, 2005.
184 p. ; 20x12 cm.

ISBN 987-04-0212-7

1. Narrativa Infantil Argentina I. Título
CDD A863.928 2

Nadie te creería

Luis María Pescetti

Ilustraciones de O'Kif

A Lucila Juárez; Aldana Tenaglia;
Diego Grecco; Yazmín Espino; Tawi;
Antonio Juárez; Miguel Ángel López;
Érika Vázquez; Adriana Pérez y Ashkaná;
Selene Juárez; Xóchitl, Vladi y Monse de León;
José Luis González y Benita; Yolotzin Sandoval;
Juan Carlos Hernández.
Por su presencia constante, en la radio,
en los conciertos, y en las charlas
que se prolongan después.

Había una ves con zeta tres serditos con ce que bibían con ve muy serca con ce uno del hotro sin hache. El priméro sin acento tenia con acento su caza con ese echa con hache de paga con jota. El segúndo también sin acento la abía con hache hecho de madera falta una coma o punto seguido Y el tersero con ce la abia le falta la hache y el acento hecho de ladriyos con elle. Adibinen con ve, cuando bino también con ve el lobo feros con zeta: cuál falta signo de pregunta de todos se salbó con ve? El de la casa de ladriyos con elle, porque hera sin hache la mas falta acento recistente con ese. Moralega con jota ahí pueden ir dos puntos si uno es trabagador con jota y se esfuersa con zeta la bida con ve lo recompenzará con ese con creses con ce.

Deme otro

Al finalizar el horario de clases llega una madre a buscar a su hijo. La intercepta la maestra, que trae al niño de una mano.

—Señora, hoy Fernando se portó fatal.

—¿¡Otra vez!?

—Pero fatal, fatal... no hace caso, contesta, se burla de los compañeros...

—Pues, entonces, deme otro.

—¿¡Cómo que "otro"!? ¿Otro niño?

—Sí, porque tampoco sé qué hacer.

—Pero, es que no puede ser.

—Con su padre ya le dijimos *(mirando al niño)*, pero si él no quiere hacer caso... Qué, ¿no hay más niños?

—Es que no se trata de eso, la escuela está llena de niños...

—Pues cámbiemelo y listo.

—*(Dubitativa)*. No, pero...

—Casi mejor pruebo con una niña, estoy pensando.

—Es que se me desordena todo, señora, luego vendrá la madre de la niña...

—Pero yo llegué primero.

—Sí, ya sé, pero luego se quejan, no se crea. Y además *(señala con la cabeza al niño)* es pasarle el problema a otra familia.

—No, porque así aprende, para la próxima lo va a pensar.

—¿Y si no lo quiere nadie?

—¿¡Pero qué dice!? ¿Cómo no lo van a querer si es un niño precioso?

—Precioso sí que es, pero se porta…

—Ah, ¿y qué pretende? ¿Que me lo lleve yo?

—No, si no digo eso.

—Hay que hacer algo, maestra, hay que poner límites, si no van de peor en peor.

—Bueno, ¿y cuál quiere?

—Una niña, ¿no le digo? *(mira hacia el patio)*. Aquélla, la que está saltando.

—¡Elena! ¡Recoge tus cosas que te vas con la señora que será tu madre!

—¡Uf! *(la niña con evidente fastidio)*, ¡estoy jugando!

—¡Ala! ¡Vamos! Sin protestar, mira qué primera impresión más fea le vas a dar a la señora.

La niña, resoplando contrariada por la interrupción del juego, va al salón.

—¿No será peor que éste, no? *(la madre, preocupada)*.

—¡Qué va! Es un ángel, lo que ocurre es que estaba jugando; los niños son así.

Llega la niña con su mochila.

—¿Vamos a casa, Elenita?

—¿Y hay tele?

—*(La maestra y la madre sueltan una risa)*.

¡Claro que hay tele! Y un perro muy hermoso, que a Fernando le gustaba mucho, ¿verdad, Fernando?

—... *(el niño, con la mirada baja, asiente).*

—¡Qué lindo! ¡Nunca tuve un perro porque mis papás no me dejaban!

—Pues vamos a casa, que ya tienes uno. Y tú, Fernando, pórtate bien con tu nueva familia y nos vienes a visitar cuando quieras, ¿sí?

El niño asintió otra vez, sin levantar la mirada. La madre saludó amablemente a la maestra. Ésta se despidió de Elena con un beso y dio vuelta hacia el patio, con Fernando de la mano.

NIÑOS Y NIÑAS

Queridos alumnas y queridas alumnos: en nuestro escuela hubo demasiados peleas entre los niñas y las niños. Deberían ser buenas compañeros y, sin embargo, se presentaron muchas problemas. Las niños de cuarta grado dijeron unos palabras feos a los niñas de quinta grado. Pero estos niñas de quinta grado, antes, ya habían escrito unos frases feos en el pared de sexta grado. Hablamos con el madre y la padre de estos alumnas y estas alumnos; pero sin una resultado. Después de un semana de tranquilidad, unos graciosas rompieron el ventana de la laboratorio por querer hacer un broma que les salió mal. ¿Por qué no juegan al muñeca o la fútbol? ¡Si están en un edad precioso, queridos niñas! El conducta ya no es como antes en esta establecimiento. La respeto que había, el educación en la trato se perdieron.

Pero el escuela no está para castigarlas o castigarlos, pensamos en fomentar el amistad entre ustedes. Organizamos una concurso de dibujos con esta tema de: Mi amigo la niña y mi amiga el niño. Podrán participar todos y todas. Las temas de las dibujos pueden ser el amistad, el familia, el casa, el mascota, el ciudad, el naturaleza.

Les dejamos algunas ejemplos:

• Tengo una gran amigo con una novio que quiere ser bombera.

• El perra juega con la gato, encima del cama de la departamento de mi tía querido.

• La cenicero, el camisa, la árbol, la semáforo y el corbata. ¡Todo puse en la dibujo que regalaré a mi buena amigo!

• Fuimos de *picnic* con la grupo del escuela, ¡y nos olvidamos los servilletas!

• Te quiero más que al Luna y la Sol. ¡Te quiero hasta la cielo por la amor que experimento!

• ¡Qué hermosa cuerpo tiene la hermano de mi querida amigo!

Responsabilidad estética

Mirá, Valeria, me tenés repodrido. Si sabés que me gustás, ¿¡por qué no me hablás por teléfono, eh!? ¿¡Qué te pensás!? ¿¡Querés que me quede toda la tarde al lado del teléfono como un tarado!? El otro día por ejemplo, el lunes, me moría de ganas de que me llamaras. ¡Y ni me hablaste! ¡Entonces resulta que no fui ni a jugar con los chicos, ni al club, ni a nada! ¡Al divino botón! ¡Porque no sonó el teléfono ni con una llamada equivocada! ¿¡Qué te creés!? ¿¡Te creíste mucho!? Sabés que sos muy linda, entonces tendrías que fijarte un poco, porque es como cuando alguien es muy fuerte: si no cuida cómo usa los músculos capaz que le da un empujón a alguien y no quiere hacerle nada, pero al otro lo tira al piso. O da la mano para ser amable y al otro le deja los huesos como un trapo torcido. Es lo mismo, ¿entendés?, porque vos sos linda, entonces tenés que tener un poco de cuidado, porque sin querer podés, no te digo lastimar, porque no es igual igual, pero más o menos, ¿te das cuenta? Tal vez lo hacés sin querer, o no hacés nada, pero igual tendrías que prestar atención porque yo te cruzo enfrente y a lo mejor a vos no te pasa nada; pero vos me pasás enfrente y me quedo todo así. Parezco la momia, ¿entendés? Poné un poco de tu parte, también. Por eso no es lo mismo. Ahora que te expliqué y lo entendiste, fijate. Yo no te voy a decir nada, pero hoy me gustaría que me llames, así que no esperes que te hable yo.

Partido

—Va a sacar el arquero Porta. Saca, la pelota va a mitad de la cancha, la para Tucconi. La para Tucconi, que está marcado por el número diez, Hans; pero elude la marcación y avanza a toda carrera. Queda pagando Hans ante la fineza de nuestro estilo latino.

—Es que nosotros entrenamos desde chicos en campitos, Fernández, es otro concepto.

—Exacto. Atención: ¡Entra Tucconi en el área! Se adelanta el arquero alemán a bloquearlo; Tucconi se prepara para patear y... ¡Atención, atención! Pasa algo. ¿Usted desde ahí nos puede informar, Sánchez?

—Sí, Fernández, Tucconi iba a patear y se le salió el pie izquierdo.

—¿Perdón?

—Que se le salió el pie izquierdo. El juego se detiene un minuto.

—¿Tucconi se pone el pie ahí mismo?

—Sí, Fernández, la presencia del médico es porque el arquero alemán se descompuso. Ellos no están acostumbrados a nuestro estilo, Fernández.

—Gracias, Sánchez. Se va a reanudar el juego, señores. Aquí en el estadio de La Marquesa, un domingo espléndido. Alemania cero, Nueva Sinópolis, cero.

¡Comenzó el juego! Toma carrera Tucconi, patea, sale un poco desviado el tiro. Cabeza del defensor Mhöels que saca de la cancha y es tiro de esquina. Tiro de esquina favorable a Nueva Sinópolis. ¿Qué pasa, Sánchez?

—En el apuro Tucconi se colocó el pie al revés y pegó un talonazo de aquéllos. Ahora ya se lo acomodó. Al que vemos agachándose es al número seis, Shültz. A ver... sí, confirmado, Fernández, se descompuso. Es que Tucconi se acomodó el pie enfrente suyo.

—Gracias, Sánchez. El tiro de esquina lo va a ejecutar el número diez, Ventura. ¡Patea! ¡Hermoso tiro! ¡Cabecea Marino! ¡Gol! ¡Gol! ¡Go... un momento! Sánchez, ¿por qué vemos a esos jugadores alemanes descompuestos?

—No, Fernández. Lo que ocurrió es que el tiro de Ventura fue fuerte y, al cabecear, Marino…

—¿Se le salió la cabeza?

—…exactamente, que fue lo que realmente entró en el arco. Eso descoloca a los alemanes que son muy estructurados.

—Están acostumbrados a otro tipo de juego.

—Más que nada eso, Fernández.

—¿Qué sucede ahora?

—El número ocho, Ripassi, fue a calmar a uno de los alemanes y, cuando lo saludó, dejó la mano en la del alemán. Se le salió la mano, Fernández.

—Eso está mal por parte de Ripassi. Si él ve que los alemanes reaccionan, no tiene por qué hacer ese chiste.

—Lo que sucede, Fernández, es que los alemanes tampoco ponen nada de su parte, Ripassi se colocó la mano pero el alemán sigue histérico.

—No es deportivo, Sánchez, no es deportivo. Desde acá veo al arquero del Nueva Sinópolis que se sacó una pierna para llamar la atención. No es deportivo, Sánchez, no es juego limpio.

—Son las pequeñas picardías que tiene el deporte, Fernández, ellos deberían adaptarse. Saben que están en cancha ajena, otro país, otras costumbres, lo saben, no pueden hacerse los nerviosos.

—¿Cuál es la actitud del árbitro?

—En este momento le saca la lengua al número once, Revolta.

—¿Se burla del jugador?

—No, Revolta iba con su lengua en la mano molestando al diez alemán, Hans.

—Eso está muy mal, porque una cosa es que a uno se le salga un pie y otra muy distinta es provocar a un jugador que nos visi…

—¡Fernández! ¡Fernández! ¡Perdón que lo interrumpa!

—¿Sí?

—El cuatro alemán empujó a Tucconi y el árbitro quiso detenerlo, pero al soplar el silbato, se le salió la nariz. Se le salió la nariz al árbitro, Fernández.

—Bueno, esas cosas pasan.

—Y ahora los alemanes se retiran de la cancha, Fernández. Atención, ¡el equipo alemán, se está re-ti-ran-do! ¡Se está re-ti-ran-do de la cancha!

—¡Qué mal, por ellos! El público los abuchea. Entran policías con escudos para proteger a los jugadores alemanes de los proyectiles que les arrojan desde las tribunas.

—No son proyectiles, Fernández, son orejas,

manos, dedos. Acá a mi lado acaba de caer una rodilla, que parece de dama. Sí, confirmo: una rodilla de dama. Cae de todo, Fernández: pies, ojos. La gente está furiosa, furiosa, Fernández, por la interrupción del espectáculo deportivo. Acá delante de mí veo caer un riñón. El equipo alemán ya entra en el túnel, a los vestidores. ¡Caramba, Fernández! Un pedazo de hígado dio de lleno en la cara del arquero alemán. Discúlpeme que haya sonreído, Fernández, pero qué puntería, le dio en plena cara.

—No, Sánchez, es una reacción natural. Si bien la actitud de nuestros muchachos fue un poco alegre, digamos, el equipo alemán no tenía por qué interrumpir el espectáculo. La gente viene a eso, a ver un espectáculo deportivo y no puede ser que uno de los equipos se retire porque sí.

—Lo que ocurre, Fernández, es que los alemanes están acostumbrados a otro estilo.

—Es lo que usted dijo, Sánchez, no se adaptaron. No supieron adaptarse.

Pablo, el que hacía caca en un establo, le dijo a Inés, la de la caca al revés, si quería jugar con él y con Rubén, que hacía caca en un tren. Inés estaba con Sofía, la que hacía caca todo el día, y le contestó que no. Pablo, el de la caca para el diablo, se enojó. Justo pasaba por ahí, la maestra Teresa que hacía caca con frambuesa, y le dijo:

—Pablo, el que hace caca cuando le hablo, no le digas así a Inés, la de la caca de pez. Mejor vete a jugar con Luis, el de la caca y el pis, o con Gustavo, el de la caca por centavo.

Pablo le contestó:

—Señorita Teresa, que hace caca con destreza, lo que pasa es que ellas, las que hacen caca tan bella, nunca quieren jugar con nosotros, que hacemos caca con otros. Las invitamos y no quieren y a nuestra caca la hieren.

La maestra Teresa, que hacía caca en una mesa, miró con mucho cariño a Pablo, el que hacía caca en un vocablo, y le preguntó:

—¡Ay tesoro, el que hace caca de loro! ¿No será que estás enamorado de ellas, que hacen caca con estrellas?

Justo llegaba Tomás, al que la caca das, y cuando oyó eso le dijo a la señorita, que hacía caca tan finita:

—Es verdad maestra, la que la caca le cuesta, él está muy enamorado de Sofía, la que hace caca en las vías...

Y Pablo, que no estaba enamorado sino muy enamoradísimo, se puso colorado de enojo y les contestó:

—¡No es cierto! ¡Y tú, Tomás tomalosa, que hace la caca en Formosa, tú gustas de Inés, que hace una caca por vez!

—¡Mentiroso! ¡Mira, Pablo pableta, que hace caca en bicicleta, mejor te callas!

La señorita Teresa, que tenía caca en la cabeza, los miró y les dijo:

—Pablo Pablito, caca de pajarito, y Tomás Tomasito, caca de perrito, ustedes son amigos y no tienen que pelearse ni por la caca enojarse. Por ahora vayan a jugar entre ustedes, que ya va a llegar el día en que esas niñas, con la caca en trensiñas, los buscarán para jugar.

Pablo y Tomás, salieron corriendo abrazados, haciendo caca de parados, y se olvidaron de preguntar si trensiñas quiere decir algo o nada más lo inventó la señorita haciendo caca con palabritas.

El poeta de los sueños

Había una vez un señor que soñaba poesías. Despierto no destacaba en nada; pero dormido se le aparecían poemas. Hablaba y su mujer copiaba; por la mañana ni él mismo podía creer que eso había sido creación suya (esto les sucede a muchos creadores, casi nadie puede explicar de dónde nacen las ideas; pero en este caso la sensación era más fuerte ya que dictaba dormido).

Todo terminaría acá si no fuera porque estaba disconforme con eso, pues se hizo famoso en todo el mundo, no tanto por los poemas sino por cómo le nacían. Lo invitaban a programas de televisión, pero esos de concursos y fenómenos extraños. Lo entrevistaban de diarios y revistas para preguntarle si, además, veía espíritus. Aparecía en libros, pero en aquellos de récords y hechos inexplicables. Él quería ser poeta, y no un fenómeno de circo.

Sufría tanto que, desesperado, le dio un martillo a su mujer para que le pegara cuando hablara dormido, lo que ocurrió esa misma noche. Fue una poesía sobre una tortuga. Su esposa no le pegó, lo sacudió de los hombros. Él no despertó, pero la tortuga del poema apareció de verdad en la habitación.

De ahí en más no sólo dictaba sus poemas, sino que algunos de ellos se convertían en realidad. Un baúl, una calle, un barco, humo. Uno de sus poemas habló del mar, y comenzó a inundarse la ciudad. Lo echaron de ésa y de otras, porque no elegía lo que soñaba, y no siempre eran cosas buenas. Soñó la guerra, pero no fue culpa suya, la guerra ya estaba en los hombres. Él sólo contaba de un soldado que llevaba días en una trinchera, bajo la lluvia, y escribía cartas a su novia, por amor, pero también para no enloquecer.

Soñó que estaba solo, y una nave espacial los llevó a la Luna. Soñó que era un náufrago, y pasó a rescatarlos un barco antiguo. No quiso soñar nunca más. Le pidió a su mujer que preparara café bien cargado, como se toma en Cuba y en Colombia, y que le diera conversación para no dormirse.

Todavía navegan por el cielo, con los ojos cansados de no dormir. Pero, cuando se distrae, la mujer le canta una canción de cuna y descansan. Así es su amor.

No, gracias

A Jorge Avigliano

Cierta vez un niño despertó con el deseo de cambiar, de ser bueno. Decidió ser un niño del que todos estuvieran orgullosos: sus padres, sus hermanos, sus vecinos, su ciudad. Incluso su país, orgulloso de contar con un niño tan bueno entre los suyos.

Bajó de la cama de un salto, oyó que su hermano se estaba bañando y ofreció acercarle la toalla:

—No, gracias *(le respondió desde debajo de la ducha).*

Se vistió y corrió hacia la cocina, encontró a la mamá colocando las tazas en la mesa.

—¡Te ayudo!

—No, mi amor, gracias.

Ofreció sacar a pasear al perro, pero ya regresaba su padre que había hecho eso y le dijo:

—No, gracias.

Desayunaron, intentó alcanzar el azúcar, pero su abuela le dijo:

—No, gracias.

Corrió a la calle. De pronto, casi enfrente de él, una tierna anciana se cayó de bruces. ¡Perfecto!, exclamó y fue en su auxilio. Pero al llegar, la mujer se estaba levantando sola y le dijo:

—No, gracias.

Luego encontró a un señor ciego, parado en una esquina y se ofreció para cruzarlo:

—No, gracias *(le respondió)*.

En la escuela levantó la mano para pasar al frente a dar la lección, pero la maestra le dijo:

—No, gracias.

Vio que la directora salía de su oficina, cargada de carpetas. Señora, déjeme que la ayude. Pero ella respondió: No, gracias. Tuvieron un examen de Matemáticas, lo terminó enseguida, se dio vuelta y le ofreció a su amigo: ¿Te falta algún resultado? No, gracias. Miró hacia la derecha, una compañera escribía a toda prisa. ¿Querés que te ayude? No, gracias.

Terminó esa tarde en la escuela y fue hacia su casa con un andar cansino, sintiéndose un pobre derrotado. Pasó frente a un templo, entró, se arrodilló y comenzó a decir una oración. Una voz honda y poderosa, que parecía venir de todas partes, dejó oír su mensaje:

—No, gracias.

Salió corriendo del templo, desesperado, empujado por un impulso frenético, pero en la misma puerta se le interpuso un señor que cortó su carrera para ofrecerle un billete de lotería; o un estuche con tres peines de diferente tamaño; o cinco lapiceras; o un práctico portamonedas para la cartera de la dama o el bolsillo del caballero; o un encendedor para la cocina con vida útil garantizada por diez años; o tres chocolates por un peso; o dos revistas de decoración por cinco pesos; o una suscripción para la enciclopedia más moderna del mercado y que por esta única oportunidad como promoción de lanzamiento se entrega por la mitad de su precio normal, es decir a un precio anormal; o un exprimidor con tres naranjas que ya fueron exprimidas en tres ocasiones; o un juego de cocina compuesto por cinco ollas con base de bronce de tres capas que conservan mejor el calor; o cinco libros para colorear que vienen con una simpática caja de seis lápices de colores; o una canción. Pídeme la canción que quieras, ¿no quieres que te cante una canción?

—No, gracias *(respondió el niño, muy a su pesar, pues detestaba tener que usar la misma frase que lo había perseguido a lo largo del día).*

—No podés decirme eso.

—Sí, porque usted me ofrece cosas que no le pedí, y que no necesito.

—Pero tal vez acierto con algo que ibas a desear o precisar.

El niño miró al vendedor, observó que su traje no era nuevo y estaba arrugado por la cantidad de objetos que cargaba; su camisa era blanca, pero necesitaba ser lavada, su corbata tenía el nudo flojo, y olía a transpiración. Entonces le preguntó:

—¿Y usted qué necesita?

—Un día de descanso, estoy agotado de ofrecer mis mercaderías *(el vendedor, pensativo).*

—Tómeselo *(respondió el niño)*, tómeselo de todos modos, y mañana o pasado mañana sigue.

El vendedor apoyó su gastado portafolio en el suelo, con una vieja sonrisa comentó:

—No es mala idea, verdad *(respiró hondo y suspiró).* ¿Hay algún bar en este pueblo?

—Sí, hay varios, como aquél *(y señaló)*.

El vendedor juntó sus cosas, se despidió agradecido, y el niño se fue, contento, a caminar, o a jugar con sus amigos.

Chau, nena *(blues)*

Voy a hablar contigo,
lo tengo decidido.
Ya quiero aclararlo
ésa es mi decisión.
No pasa de esta tarde
no quiero demorarlo.
Basta de ese juego
me salgo de la cancha,
regalo la pelota
de tu indecisión.
Chau, nena.

Que te gusta ése
que te gusto yo
que le hablaste a otro
por un regalo que te dio.
Te digo adiós, adiós, adiós,
chau, nena.
Te digo adiós, adiós, adiós,
chau, nena.
Cuando madures me llamás.
Te hago así con el pañuelo.
Te digo adiós, adiós,
chau, nena.

Ya estoy bastante harto
de vagar con las manos
clavadas en los bolsillos
de mi pantalón.
Ir solo como un perro
eso se terminó.
Si querés divertirte
pagá una entrada, nena,
ya no seré un payaso
del circo que montás.
Chau, nena.

Que te gusta ése
que te gusto yo
que le hablaste a otro
por un regalo que te dio.
Te digo adiós, adiós, adiós,
chau, nena.
Te digo adiós, adiós, adiós,
chau, nena.
Cuando madures me llamás.
Chau, pera, manzana verde,
allá en la rama de tu árbol
no te busco más,
chau, nena.

Hola, Papá Noel, soy Clara.

Te quiero mucho. Hoy fuimos a la playa y tomamos un helado. Tengo seis años. En patín jugué al jockey y ningún día lo había jugado con palo para que no nos lastimáramos. Ahora patino bien y el siete de diciembre va a haber una clase para que los padres vean que no nos lastimamos, pero vos no podés venir porque sos papá pero Noel, que es distinto. Pero a lo mejor si querés vení lo mismo total en la entrada nunca se fijan. Te pido un max steel, un disfraz de doctora verde, lapiceras de color verde oscuro y claro, violeta oscuro y claro, celeste, azul oscuro, un juguete de las Chicas Superpoderosas, una Barbie con vestido de casamiento, una estrellita, una luna, un sol, una flor, un árbol con naranjas, una nube, una piedra, un pez, un ángel, una vaca, una abeja, un abanico y un acordeón.

Te mando un beso,
Clara

Querida Clara: en este momento no tengo patines ni hockey.

Lo lamento. ¿Te gustaría pedir otros regalos?

Afectuosamente,

Papá Noel

Querido Papá Noel: nada que ver. Tenés que leer bien las cartas. Lo del hockey con patines es algo que hice; mi pedido era lo otro. Y de paso quiero cambiar el disfraz de doctora verde. Que sea uno de verdad, blanco. La piedra no, porque ayer encontré una. Mejor traeme más estrellitas.

Te mando otro beso, chau,

Clara

Querida Clara: te pido disculpas por la confusión, y te agradeceré que repitas el pedido porque las cartas que contesto se archivan en otra parte y no tengo la tuya a mano. Espero que puedas hacerlo pronto. Se acercan las fechas en las que preparamos los regalos, ¡y estamos ansiosos por complacerte!

Afectuosamente,

Papá Noel

Papá Noel: ¿qué les pasa ahí? Te había pedido un disfraz de doctora verde, el disfraz, no la doctora; pero después te dije mejor blanco y de una de verdad. Después también te pedía estrellitas y algún juguete

de las Chicas Superpoderosas, lápices de muchos colores, pero blancos no, una vaca, abejas, un abanico, una bicicleta. No me acuerdo del todo, porque la carta se las mandé y era larga ¡y ustedes la perdieron! ¿No la pueden buscar mejor? Me acuerdo de la Barbie para casamiento y un árbol con naranjas. ¡No pierdan ésta también! Ah, y un piano.

Bueno, chau,
Clara

Querida Clara: soy la secretaria de Papá Noel. Me pide que te avise que encontramos tu primera carta. ¡Qué buena noticia, ¿verdad?! Ruega que lo disculpes por no responderte personalmente pero a la locura de trabajo que tenemos siempre en octubre, preparando los regalos, se sumó una descompostura en uno de los renos a raíz de una modificación en su alimentación. Cambiamos de veterinario por problemas de presupuesto pero, como siempre, lo barato sale caro y el nuevo les dio una dieta que los puso fatales. Ya regresamos con el anterior, pero este lamentable incidente nos consumió una increíble cantidad de tiempo. De todos modos, Papá Noel me pide que te transmita la seguridad de que todos tus regalos estarán listos a tiempo. Sólo una pregunta: lo que pediste en las dos cartas no coincide exactamente, ¿cuál te complacería que atendamos?

Afectuosamente,
Esther Noel

Queridos Esther, Papá Noel, el Reno o la rueda del trineo, o quien quiera que sea que lea esta carta y me la conteste: ¡Ni me acuerdo si eran diferentes las dos cartas! Traigan todo y listo, qué sé yo. O las mismas cosas que pido en las dos. Lo que más me importa es el disfraz de médica de verdad, blanco, y la Barbie de casamiento. Ah, y la estrellita, el acordeón, la planta de naranjas y libros.

Pónganse las pilas,
Clara

Querida Clara: soy la secretaria personal de Esther Noel. Ella me pide que la disculpes por no contestar personalmente tu correo. Está atendiendo a Papá Noel quien sufrió un pequeño accidente, nada grave, una caída que le produjo una leve torcedura en un pie. Él mismo insistió en que te hagamos saber que está bien, que no debes asustarte; el médico le aseguró que en quince días podrá apoyar el pie de manera normal, y que todas las placas muestran que la lesión no reviste importancia. No debes preocuparte, a todos pueden ocurrirnos estos pequeños accidentes.

Afectuosamente,
Silvia Noel

¿Y mis regalos? ¿Ya eligieron de las dos cartas?
Clara

Querida Clara: soy Esther, nuevamente. Estamos muy felices. ¡Nuestro querido Papá Noel ya se encuentra repuesto! Mandó decirte que tu pedido está completo y embarcado. Esperamos que seas muy feliz con esas cosas tan bellas que pediste. Has de ser una niña muy especial para haber hecho una solicitud tan hermosa. Te ruego que sepas disculpar los inconvenientes que ya superamos.

Un afectuoso abrazo,
Esther Noel

Queridos Papá Noel, y tu secretaria y la secretaria de tu secretaria y el reno con diarrea: les escribo esta carta después de abrir los regalos. Muchas gracias por el elefante de porcelana blanco, es muy práctico, y sobre todo tan bonito. Los videos de carreras de coches son sumamente interesantes. ¡Con el álbum de figuritas del fútbol español aprendí cosas importantes! Qué bueno que conseguiste el disfraz verde de doctora que te había pedido en mi primera carta y que después cambié de opinión. Y ese cenicero con forma de ajedrez, también muy lindo. El Power Ranger rojo es muy parecido a la Barbie de casamiento. Los borceguíes de alta montaña, aprovechando que eran número cuarenta y tres, se los regalé a mi tío Alberto.

Con profundas emociones,
Clara

Uh, qué lino

Para ser leído en voz alta.

—¿Mo me quelé?
—Chi.
—A mer... ¿cuánto?
—Muto.
—¿"Muto" o "muto muto"?
—Mutísimo... ¡Achí!
—Uh, qué lino.
—¿Y mó? ¿Me quelé?
—¡Uh! Maquel chol.
—¿El chol nomá?
—El chol, la luna, lasteyas, la tiela... toro. Toro, toro, toro. Achí, má que toro nel nivercho.
—Uh, qué lino... Amél, namun mechito.
—Tomá... muá.
—Oto.
—Muuá.
—Oto.
—Muuuuá.
—No, oto y oto y oto.
—Muá, muá, muá. ¡Milá que te como, ¿eh?!
—Uh, qué meio, ¿cherio?
—¡Chi!

—¿Y polqué meván comé?
—Polque choi... ¡un león!
—¡Uh, qué meio, chenor león! ¡Nome coma!
—¡Chi! ¡La como! ¡Aaah!
—¡No! ¡Qué meio!
—No, no tena meio, era mabloma.
—Ya ché, cho tamén era mabloma.
—¿Tonche? ¿Te como?
—¡Y chi!
—Am aam, ñam, ñam, qué lico, aam, ñam. Chatá. Te comí.
—¡Uh, qué lino!
—¿Yhora me quelés?
—Chi, muto, aquíntu pancha.
—¿Cuánto?
—Parichempre de parichempre.
—¡Uh, qué lino! Cho tamén.
—¿Mamo pachear nela mano?
—Cho te chevo.
—No, achí cunto nelamano, men cherquita.
—¿Cómo cherquita?
—Chote poyo lacabecha aquí nelhombro, y mamo nela mano. Cuntito.
—Uh, qué lino, mamo. Chí, mamo. No, pelá queme peinun poco.
—¿Palaqué tepeinás?
—Palachel la pelchona malina nel muno. Pala voch.
—Vochasós la pelsona má lina, ¿nontendé? Cho... cho... chote quelo achí como chos. Note vachá peiná. Mamo achí, con la cabecha alo pelo loco.
—Mamo, mamól.
—Mamo, cocha monita.

Cómo llegué a ser un famoso diseñador

Cuando terminé la escuela secundaria y tuve que elegir una carrera, no tenía la menor idea respecto de cuál me gustaría más. No sabía realmente quién era yo y los tests vocacionales daban resultados como Humanidades, Matemática o Medicina, u otros tan vagos que no ayudaron en nada. Sin embargo se acercaba el final de clases y había que elegir carrera, que es como mirar un menú más definitivo, porque no se acaba al salir del restaurante, sino que dura cuatro o seis años y luego deberás ser eso toda la vida, o deberías. Imposible pensar en compartir con mis padres semejante despiste porque, además, mis ganas iban por el lado de que quinto año durara más, ir de paseo seis meses a Europa (las puras ganas porque no tenía un peso partido en mil), o qué lindas están las chicas de segundo. Pero ni asomo del fuego de la vocación. Con mis amigos podíamos estar horas y tardes enteras flotando en el limbo de las-ganas-pero-no-tanto, comiendo papas fritas, viendo películas malísimas los domingos por la tarde (en especial si eran días hermosos, con sol y aire fresco). Esto desesperaba a nuestros padres que ya hacía rato habían comenzado con sus preguntas sobre qué nos gustaría ser.

"Nada" o "Ni idea" no eran respuestas que los calmaran, por lo tanto hubo que inventar una respuesta camuflaje: Abogado. Sólo para que no continuaran machacando con sus preguntas. Abogado. Yo no me lo creía, ellos no se lo creyeron. Siguieron con sus preguntas.

La salvación vino por el lado de la clase de Francés. El profesor se enfermó, luego no era que se había enfermado sino que se mudaba, luego era que se separaba de su mujer, pero seguía viviendo en el pueblo. El caso es que dejó de dar clases y enviaron (no sé quién… "ellos", alguien) enviaron a su reemplazante, que era una tipa joven, menos de treinta años y estaba más buena que portarse bien un siglo. Alta pero no tanto, delgada, pelo corto como un varoncito, muy femenina. Nos habló en francés desde el primer día. No era del pueblo, así que viajaba constantemente y, si algún fin de semana se quedaba, aceptaba nuestras invitaciones a asados, *picnics*, que aumentaron progresivamente gracias a que aceptaba. Cerca del fin de clases, con el calor, dedicamos un sábado a poner en condiciones la pileta que uno tenía en su casa, trabajamos como chinos y al fin de semana siguiente, como si la pileta hubiera nacido recién, limpia y llena de agua, la esperamos, tomando sol, pues había aceptado nuestra invitación. Estaba charlando conmigo cuando se quitó el pareo y quedó en biquini. Detrás de mí escuché el ruido de uno que caía al agua, varios fueron a la cocina como a buscar bebidas, para mirar más descaradamente de lejos. Y yo por poco sufro de hernia en algún músculo que hay en los ojos y los mantiene quietos, mirando de frente. Me contó que su novio era aviador, y yo sentí

la llama de la vocación que estallaba en mi conciencia: eso quería ser, aviador. Novio de ella. Aviador. ¿Cuánto se demora en aprender a pilotear? Podía regresar en un año o menos, y mostrarle que si la cosa iba por ahí yo también era aviador. Y más nuevo. Aviador. Llegué a casa y la idea era tan extraña, algo tan alejado a lo que habían llegado a imaginarse, que me creyeron.

Cuando fuimos a Córdoba, para inscribirme, resultó que ya habían cerrado la matrícula. Adiós a la francesa, soné. Habíamos hecho trescientos kilómetros hasta Córdoba, y ya no aceptaban solicitudes. Enfrente de la academia quedaba la facultad de Arquitectura, y tenía una cola de futuros estudiantes que asomaba por la puerta principal. Trescientos kilómetros. No podíamos regresar sin haber elegido carrera. Voy a averiguar, le dije a mi viejo por quitarme de encima el reflector de su cara y los trescientos kilómetros y que otra vez empezarían las preguntas. Me formé último. Los demás traían cuadernos, reglas, lápices de colores, como si ya estuvieran cursando. Yo apenas si llevaba mi documento. Parecían gente alegre y enseguida me integraron a su charla, a lo mejor no era tan feo ser arquitecto. A la media hora siguiente la cola no había avanzado mucho, pero ya me imaginaba en mi propio estudio, sentado frente a una mesa grande e inclinada; hasta que llegó una chica apenas más baja que yo, de pelo largo y piel morena. Impresionante. Hermosa. Linda, linda, que dolía. Los labios rosados, no pintados, rosados de su carne rosada, resaltaban sobre su piel, como una fruta que se abrió. También venía cargada con cuadernos, lapiceras y una cámara colgando del hombro. ¿Ésta es la cola para anotarse en diseño?, me preguntó. No sé, a ver, esperá. Che, ¿para anotarse en diseño es aquí? Nada que ver, es del otro lado del edificio, respondieron en voz alta y mi cabeza arrancó a mil por hora y solté: Ah, ¿ésta no es la de diseño?, la miré y agregué: ¿Vas a diseño? Yo también, seguime.

El banquete

—¿Y cuántos ojos tienen?

—Dos.

—¡Agh! ¿Los mueven con esas cosas que les cuelgan?

—No, los tienen arriba, en la parte de adelante.

—¡No sigas, mamá, que después sueño! *(se quejó la hermana).*

—¡Si no te gusta, andate!

La pequeña se quedó en silencio, asustada por el relato de la madre y avergonzada por el grito de su hermano, que prosiguió:

—Dale, mami, ¿pueden moverlos por separado?

—No, sólo en la misma dirección, y sirven para recibir la luz.

—¿La luz? ¿Qué será, no?

Preguntó, con un escalofrío de placer, a su amigo que estaba de visita. A los dos les gustaban estas historias, y la madre bajó la voz:

—Pero lo más feo, lo más más feo... son esas cosas que les salen del cuerpo, sus extremidades.

—¿Por qué, mamá? ¿Tienen muchas?

—Cuatro.

—¡Qué loco! ¿Y para qué?

—Dos son para pararse y las otras dos para agarrar objetos, y las mueven continuamente.

—¿¡Y no irradian!?

—Dejame terminar, las de agarrar son más pequeñas que las otras y terminan... y terminan en...

—¡Mamá, en serio, no hagas así! *(se quejó nuevamente la pequeña).*

—¡Terminan en “dedos”!

—¿¿¿“Dedos” ??? ¿Son como la luz?

—No, son… como pequeños brazos que salen del brazo, eso es, cada brazo termina en cinco pequeños brazos que se llaman “dedos”, y en la punta de esos dedos...

—¡Hay más brazos!

—¡No! Hay un pedazo de hueso que crece afuera.

—¿No habías dicho que los huesos vienen adentro, para que no se desarmen?

—Sí, pero también tienen huesos afuera, se llaman “uñas” y “dientes”.

—¡Qué asquerosos! *(exclamó la hermana).*

—¿Son húmedos o secos? *(preguntó el pequeño).*

La madre dudó un instante antes de contestar.

—Las “uñas” son secas, y los “dientes” son húmedos.

—Mami, ¿esos huesos les siguen creciendo y se les salen?

—Sí, y oigan esto... no tienen antenas.

—¿Y cómo hacen para no chocarse?

—¡Se chocan todo el día! *(dijo el amigo,*

también fascinado por el relato de la madre). ¡Se chocan y se parten los cuernos!

—No tienen cuernos.

Corrigió la madre, y la pequeña reclamó:

—Vos habías dicho que tenían cuernos, arriba de los ojos.

—No, tesoro, ésas son las "vacas".

—¿Son los hijos?

—No, no tienen nada que ver. Es más, ellos se comen a las vacas.

—¡Pero si dijiste que las vacas son grandes!

—De todos modos se dejan matar y les sirven de alimento.

—Están locas, ¿no?

Exclamó el amigo, y el hijo preguntó:

—¿Los ojos salen del tronco?

—Están pegados adentro, y tienen una cosa, separada del tronco llamada "cabeza", unida al tronco por el "cuello", que es otro brazo más pequeño que sujeta la cabeza, y la mueve en una dirección y en otra. Esperen un minuto que papá me está llamando.

Se hizo un breve silencio hasta que el amigo retomó la descripción.

—Mi papá me contó que lo que comen lo tiran a un "vientre"... y creo que ahí tienen más ojos para ver lo que comen, y los dientes para romper lo que tragan.

—¿Ojos dentro del cuerpo? *(preguntó el niño).*

—¿¡Y dónde querés que los tengan para ver lo que comen, eh!? *(aprovechó la hermana).*

—Y me dijo que dentro de la boca...

—¿Qué es la "boca"? *(preguntó la pequeña).*

—Es un agujero que tienen en la cabeza, lleno

de los huesos que dijo tu mamá, y ahí se meten las vacas cuando se las comen.

—¿Las comerán vivas? *(preguntó la hermana).*

—¡Claro, idiota! ¡No van a esperar que se escapen para comerlas!

Se desquitó el hermano, y ella, otra vez se sintió avergonzada. Juró que no iba a hacer otra pregunta. Al ver que su relato tenía aceptación, el amigo continuó:

—Y para comer envuelven las cosas en una baba, que se llama "saliva".

—¿Antes de tragarlas?

—No, cuando las meten en ese agujero, ahí les echan la baba, y el agujero se abre y se cierra, se abre y se cierra, mientras mueven las extremidades.

—¿Para qué las envolverán en baba, si ya las tienen dentro?

—Será para dormir a las vacas, ¿no?

—Ah, claro, así las paralizan y las tragan quietas.

—Dentro del agujero tienen otro brazo más pequeño y húmedo.

—¡Eso no es cierto!

Se quejó el hermano, y la pequeña aprovechó la oportunidad, para vengarse:

—¿¡Por qué no lo decís vos!? ¡Seguro que es cierto! Y ahí tienen más huesos de uña.

—No *(corrigió el amigo)*, ahí es todo de carne, y sin piel.

—¡Estás mintiendo! ¡No es cierto!

—¡Me lo dijo mi papá!

Regresó la madre, apurada por la pelea.

—Momento, ¿qué pasa, muchachos?

—¡Es un mentiroso! ¡Dice que tienen un agujero en la cabeza y que se meten vacas!

—¡Me lo dijo mi papá, señora!

Se defendía el amigo. La mamá pidió calma, miró a su hijo y confirmó:

—Es verdad.

—¡Ja! ¡Y la cabeza va a tener ojos y agujero y todo va a estar ahí!

—¿Esperás que te cuente? En la cabeza están los ojos, debajo de los ojos les sale un pequeño cuerno con piel, que se llama "nariz".

—¿Ahí es donde se meten las vacas?

—No, en la "boca".

—Eso me dijo mi papá, señora, y que dentro de la boca tienen un brazo sin piel.

—Es la "lengua", que no tiene "dedos" ni "uñas", es el brazo nada más, y sirve para acomodar lo que las manos llevan al agujero.

—Mamá, ¿es cierto que envuelven las vacas con baba?

—Sí, pero oigan esto... la cabeza tiene más agujeros.

—¡Mamá, no inventes! ¡Después no voy a querer comer!

—Se los juro, la cabeza es la parte en la que tienen más agujeros, unos hacia fuera y otros hacia el interior... el agujero de la boca se mete adentro como un tubo que da montones de vueltas y sale por la otra punta, siempre lleno de baba y jugos viscosos.

—¿¡Un agujero que atraviesa todo el cuerpo!?

—Un tubo, sí. Y, a los dos costados, tienen

dos agujeros más que sirven de antenas, como los ojos, y se llaman "oídos", pero no salen, sino que se meten.

—¿Antenas que se meten? *(exclamaron los tres).*

—¿Y cómo no se les escapan los jugos? *(preguntó el hermano).*

—Porque el agujero se cierra y no los deja escapar.

—¿Se cierra solo?

—Sí.

—¿Y eso que tiraste qué era?

—"Cabello"; no se come.

—¿Qué es?

—Les crece arriba de los ojos, cubre toda la cabeza.

—Sí, pero ¿qué es?, ¿para qué sirve?

—...la verdad no sé, supongo que para esconderse.

—Mi papá me explicó que les crece toda la vida, pero que ellos se lo cortan.

La pequeña se estremeció ante la idea de arrancarse algo ella misma. Se hizo un breve silencio y comentó:

—Mamá, yo no voy a querer comer de eso.

—Son bien ricos, mi amor, y papá los pagó carísimo.

—Sí, pero no quiero.

—¡Yo sí quiero!

—¡Yo también!

Se apresuraron a decir el hermano y su amigo, aunque a ellos también les daba asco. No importa cuánto costaran.

Mensaje

No te lo quiero repetir.
No te lo voy a decir dos veces.
No hagas que te lo repita.
No quiero decírtelo a cada rato.
No hace falta que te lo repita.
¿No entendiste la primera vez?
¿Qué querés? ¿Que te lo repita?
¿Querés oírlo claro?
¿No fui clara? ¿Querés que sea más clara todavía?
Ahí va: No-te-lo-voy-a-re-pe-tir.
¿Entendiste?
No-te-lo-voy-a-re-pe-tir.
Así de claro.
Basta.
Se terminó.
Hasta aquí llegamos.
Ni un paso más, ¿me oíste?
Ni un paso más.
Se acabó.
No insistas.
Es la última vez, ¿oíste?
No te lo voy a repetir.
Ya te dije.
¿No oíste?
No te lo voy a repetir.

Incógnitas

¿Quieren que les cuente una historia? ¿Prefieren una que conocen o una que elija yo? ¿Saben la de esa familia que era muy pobre y vivía en el campo? ¿Creen que el padre iba a quedarse toda la vida esperando a ver si la situación mejoraba? ¿Por qué no iba a acordarse de que su infancia también había sido pobre, igual que la de su padre y su abuelo? ¿Ustedes se quedarían esperando? ¿Alguien lo haría? ¿Cuánto lo habrá pensado? ¿Acaso no se llenó de miedo cuando le propuso a su familia pasar como ilegales a Estados Unidos? ¿Hubieran dejado su terruño de haber tenido otra opción? ¿Se imaginan qué habrán sentido al llegar a la última ciudad de frontera, siendo que jamás habían pisado una ciudad? ¿Creen que el hombre no quiso regresar al sentirse tan perdido? ¿Y quién iba a ser sino su mujer la que lo alentó a continuar? ¿Saben cuánto demoraron en resolver cómo cruzar la frontera? ¿Ustedes conocen a alguno que le haya ido bien en la primera vez? ¿Y los que lo intentaron dos y cuatro veces y siempre los regresaron? ¿Y aquéllos de quienes nunca más se supo? ¿Se imaginan el miedo cuando les propusieron cruzar ese río de noche? ¿Hubieran podido hacerlo, si no sabían nadar, y sin ayuda?

¿Alguien estuvo, alguna vez, en medio de la noche más cerrada? ¿Por qué no se echaron atrás en ese momento, si le tenían tanto miedo al agua? ¿Cómo lograron llegar a la otra orilla? ¿Cómo hicieron para conseguir trabajo y escribirles a sus parientes avisándoles que estaban vivos? ¿Se imaginan la alegría de su familia al recibir esa carta? ¿Ustedes creen que extrañaban, que pensaron en volver? ¿Qué habrán sentido cuando vieron que sus hijos hablaban mejor en inglés que en español? ¿Y la primera vez que regresaron a su pueblo de visita? ¿Qué hubiera sido mejor?

Sesenta años

Entró una pareja joven. Ya habían decidido que querían una nena, o sea que pasaron frente a la góndola de los varones sin detenerse. Un cartel indicaba el sector de las niñas, un poco más grande por el pelo largo y detalles así. Había una beba al lado de la otra, casi todas durmiendo, unas pocas eran amamantadas por un delicado brazo mecánico, color rosa, que les acercaba una mamadera tibia. Casi tibia.

Las recorrieron con la mirada. Todas tenían nombres sugeridos, pero que daban idea de cierta personalidad posible. Tomaron a una que se llamaba "Melanie", la señora la alzó, probó cargarla en sus brazos. No, comentó, me queda corta. La devolvió, apoyándola suavemente en la góndola. Ésta me gusta, comentó él, y alzó a una llamada "Beatriz". ¡Cuidado!, le reclamó su esposa. Así no se alzan, que si se te cae hay que pagarla. Efectivamente, la beba rompió en llanto. Vino un vendedor, la tomó y la depositó en la cuna de la góndola. ¿Puedo ayudarlos?, se ofreció sonriente, pero dando a entender que no dejaría de acompañarlos. ¿Tienen garantía?, aprovechó ella para preguntar. Por supuesto, seis meses. ¿Solamente? ¡Qué poco, ¿no?!, exclamó él, que había entendido que a su esposa tampoco le había parecido bien. ¿A ver ésa?, pidió ella al vendedor, señalando a "Rosie", una beba con treinta por ciento de descuento. El vendedor la alzó de la cuna con cuidado, y ofreció: ¿Quiere sostenerla? Ay, sí, porque antes una me quedó corta. La tomó y aprobó satisfecha. Sí, ésta me entra más cómoda. ¿Cuánto cuesta? Y la dio vuelta y buscó por debajo del pañal, señaló cerca de la nalguita rosada. ¡Ay, mirá qué lindo donde le ponen el código de barras! Fijate el vencimiento, recordó el marido. La señora estiró un poco más el pañalito, buscó, la ayudó el vendedor, por fin apareció la fecha de nacimiento y la de vencimiento. ¿Tan poco?, exclamó la señora sorprendida. Son sesenta años, señora, argumentó el vendedor, no es poco. Sí, pero si hoy se consiguen de noventa, ciento veinte años... llevarse una de sesenta... es viejo el modelo, ¿no?, comentó ella y miró al marido, que levantó las cejas y agregó: Por algo era el descuento. El vendedor lo admitió con un gesto afirmativo. La señora se sintió confusa. La lógica le indicaba que no convenía comprar una hija de sesenta años máximo, aunque pudiera durar más; pero algo al alzarla la había hecho sentirse cómoda. Su intuición femenina le decía que sería una buena niña. Además ya llevaban tres días buscando, sin decidirse, era el cuarto negocio en el que entraban. ¿Qué hacemos, Roberto?, preguntó, buscando su apoyo para llevarla. Y, si te gusta, no le des más vueltas. Es una beba hermosa, acompañó el vendedor que veía una decisión casi tomada. La señora le miró el rostro, la beba abrió los ojos. ¡Ay, me sonrió!, exclamó ella, invadida de amor maternal. Y bueno, dale, le dijo su marido, sonriendo. Acompáñenme hasta las cajas, invitó el vendedor, amable. Los dejó en una pequeña fila donde había otros matrimonios, también con sus nuevos bebés en brazos. La señora tenía la vista fija en las cajeras que pasaban las nalguitas de los bebés frente a la lectora de código de barras, pero su pensamiento estaba en otra parte. Se dio vuelta angustiada. Pero son sesenta años nomás, Roberto. Ana, la interrumpió él, conteniéndola, es lo que podemos pagar, queríamos tener una nena, sesenta años no está mal... para ese entonces ni vos ni yo... Tenés razón, aceptó ella y se calmó. Era lo bueno de Roberto, que podía ver las cosas a la distancia, y descansó la cabeza en su hombro.

In corpore sano

—Te voy a reventar.
—Te voy a aplastar.
—Te voy a destripar como a una cucaracha.
—Vas a morir como un gusano.
—Es mejor que haber vivido como un gusano.
—Te voy a hacer puré.
—Te voy a derrotar y te voy a cubrir de vergüenza.
—Y vos ni vas a poder salir a la calle.
—Y vos te vas a tener que mudar.
—Y vos te vas a mudar, pero al cementerio.
—Yo te voy a enterrar antes.
—Yo ni voy a ocuparme de enterrarte.
—Se te van a pudrir los huesos al sol.
—Vas a implorarme perdón.
—Vas a llorar a gritos, pidiendo clemencia.
—Vas a gritar, "Mamá salvame".
—Y vos te vas a quedar sin voz.
—Vas a huir corriendo, tres días seguidos.
—Vas a querer esconderte debajo de las piedras.
—Me vas a limpiar los zapatos con la lengua.
—Y vos vas a besarme las manos un año seguido.
—Te voy a reventar que vas a quedar con las tripas al sol.
—Y vos vas a quedar de rodillas, llorando sangre.
—Vas a escupir tus dientes.
—Te voy a arrancar la cabellera.

—Dejate de amenazas y vayamos a la cancha.
—¿¡Cómo a la "cancha"!? ¡Al tablero, querrás decir!
—¿¡De qué tablero me hablás!? ¡Vamos a la cancha de tenis!
—¡Qué tenis ni qué ocho cuartos! ¡Escogé, cobarde! ¿¡Blancas o negras!?
—¡Si al ajedrez ni sé jugar, yo te decía al tenis!
—¿¡Qué me venís con tenis que no agarré una raqueta en mi vida!? ¡Al ajedrez yo te desafiaba!
—¡Y yo te desafiaba al tenis! ¡Pero voy a aprender un poco de ajedrez y te aplasto!
—¡No hace falta! ¡Mañana me compro una raqueta y te lleno de pelotas la cara!
—¡Me leo un poco cualquier libro de porquería que consiga y te reviento!
—¡Y yo me voy a comprar la raqueta más barata! ¡La más de cuarta que encuentre y te aplasto, te dejo como un queso gruyer!
—¡Con los ojos cerrados te gano al ajedrez!
—¡Y yo con las dos manos atadas te fulmino al tenis!
—¡Sin la reina! ¡Hasta esa ventaja te doy!
—¡Y yo te doy tres sets de ventaja, para que después no llores!
—¡La reina, una torre, un alfil y los dos caballos te regalo!
—¡Y yo me vendo los ojos! ¡Te juego con los ojos vendados!
—¡Y yo te juego con los peones, nomás! ¡Con cuatro peones te derrotaré!
—¡Miedoso! ¡Eso es lo que sos, un miedoso!
—¡Cobarde! ¡Mañana se sabrá la verdad! ¡Ni siquiera me voy a comprar el libro! ¡Voy a ganarte con lo que se me ocurra frente al tablero!

—¡Y yo no voy a gastar en raquetas para ganarte! ¡Te juego con la palma sola!
—Mejor, andá a despedirte de los tuyos.
—Sí, sí, saludá a tu familia porque no te van a reconocer, deciles: *Si mañana vuelvo más gordito es que me llenaron la panza de pelotas de tenis.*
—Sí, sí, y vos deciles: *Si regreso con un tablero incrustado en la frente no se asusten.*
—Mejor vamos a jugar con merengues de crema, para que no te lastimen los pelotazos.
—Pero, callate, tonto.
—¿Tonto yo? Tonto vos.
—Tonto.
—Retonto.
—Recontra tonto.
—Recontra mil tonto.
—Tonto al millón.
—Tonto al cubo.
—Tonto multiplicado por mil-tonto.
—Tonto al infinito.
—Tonto al infinito de infinitos.
—Tonto a la mil veces de infinitos de infinitos.
—Tonto.
—Tonto.
—*(Los dos al mismo tiempo).* Tonto. Tonto. Tonto. Tonto. Tonto. Tonto. Tonto. Tonto.
—*(Los dos al mismo tiempo).* Tonto. Tonto. Tonto. Tonto. Tonto. Tonto. Tonto. Tonto.
—Tarado.
—¿Cómo dijiste?
—Tarado.
—No insultes.

—Vos me dijiste "tonto".
—"Tonto" no es lo mismo que "tarado".
—Sí es lo mismo.
—Entonces sos un tarado.
—No insultes.
—Te veo mañana en la cancha de tenis, tarado.
—Hasta mañana frente al tablero, tarado.
—Chau, tarado.
—Chau, tonto.
—No insultes.
—Vos empezaste.
—No, vos empezaste.
—Bueno, terminala vos.
—No, vos terminala.
—Cortala o te reviento.
—Vos cortala, tonto.
—Tarado.
—Tarado.
—Tonto.
—Chau, tonto.
—Chau, tarado.

LOTRO DÍA

Lotro día hestaba pensando que siuno escriviera noimportacómo ycadauno Komo sele antojara, o antogase, másmerefiero en un poregemplo iñorar lortografía, yque, enúnporegemplo, ponerse un asento donde no ba, o faltarle hotro dondesí ba... sería 1 berbadero desastres. ¡Poreso combiene lortografía, ninios! ¡porke si caduno escribiece como se le antogase leeriésemos más despasio hi más lentamente que 1 vurro! Higual i nos dán un pedaszcito para léer y noz demoráríamoz 1 montón... o 2 montón.

¡NINIOS AGANMÉN CASO! ¡RESPETEN LORTOGRAFÍA PORKE SINO NADIEN NOZ VA KERER LEER LO QUE ESZCRIVAMOZ! ¡¡¡NIN SIQUIERAS NOZOTROS MISMOS!!!

Higual i 1 dia nosencontramoz un papelitos cualkiera i nos daria flogera lerlo y rezulta ke desia: "¡ganaste la loteria!" o "te kiero, cuchi cuchi" o "te kiero, cuchi cuchi, porke ganazte la lotería" ¡I NI NOSENTERAMOZ POR KULPA NUEZTRA!

Eso hera loquestava pensado lotro dia.

Mamá, ¿por qué nadie es como nosotros?

Para los queridos compañeros del Movimiento de la Canción Infantil Latinoamericana y del Caribe. En especial a: Sandra Peres, Paulo Tatit, Miguel Queiroz y Eugenio Tadeu, de Brasil; Tita Maya, María Murcia y Jorge Sossa, de Colombia; Rita del Prado, de Cuba; Mariana Baggio, Teresa Usandivaras y Julio Calvo, de Argentina. Como dice Tadeu: "Um abraço, um beijo... e um pedaço de queijo".

La mamá de Joshua es peruana, el papá es estadounidense, y él nació en México.

Flavia, que los conoció en un viaje, le pregunta a su mamá: ¿por qué ellos no hablan como nosotros?

El papá y la mamá de Flavia son brasileños, y viven en Brasil; pero sus abuelos maternos son una señora danesa casada con un señor brasileño. Ellos viven en Venezuela. Sus abuelos paternos son un señor italiano casado con una señora inglesa. Éstos viven en Brasil.

Cierta vez ganaron un premio en un concurso de televisión. Raúl los vio desde su propio país y, al saber cómo estaba compuesta esa familia, le comentó a su mamá: ¡Qué raros son!

Los padres de Raúl son colombianos. El papá es pastor protestante, y Raúl a veces juega en el templo.

En la escuela tenía un amigo llamado Esteban, que siempre le preguntaba: Raúl, ¿qué se siente tener un papá medio cura?

Esteban se fue a vivir con su familia a Canadá, por una beca que consiguió el padre. Sus abuelos son polacos, originarios de un pueblo que ya no existe, pues desapareció durante la guerra.

Se escribe con un amigo que se llama Miguel, y en una carta éste le dijo que le sonaba extraño que toda la familia se hubiera mudado sólo porque el papá quería estudiar.

El papá de Miguel es judío, pero la mamá es católica. Cuando se pusieron de novios decidieron que festejarían todas las celebraciones de las dos religiones.

Su amiga, Teresa, le dice que tendrían que elegir, porque nadie puede tener dos fines de año en un mismo año.

La mamá de Teresa estaba separada y ya tenía un hijo cuando conoció al papá de Teresa, que también estaba separado, pero no tenía hijos. Se enamoraron, se fueron a vivir juntos y a los dos años nació ella.

Martín, que es uno de sus compañeros de escuela, le preguntó a su mamá: ¿por qué esa familia se armó de a pedacitos?

Los papás de Martín y Josefa (su hermana) vivían a media cuadra de distancia cuando eran niños. Fueron amigos durante la infancia y se pusieron de novios a los diecisiete años. Han estado toda la vida juntos.

Juan, que practica judo con Martín, le argumenta que vivir siempre en el mismo barrio debe ser la mar de aburrido.

El papá de Juan es ingeniero en computación, pero heredó de su familia un camión con el que hace mudanzas (si no son muy grandes), y ellos mismos han cambiado de barrio siete veces desde que él nació.

Juan chatea con un amigo que se hizo a través de Internet. Vive en México y se llama Joshua. Él no entiende cómo Juan y su familia pueden vivir mudándose toda la vida.

La mamá de Mirta trabaja en un supermercado, la de Tomás es gerenta en un banco. El papá de Raulito es negro, y su mamá, blanca. Los papás de Iñaqui son blancos. Los papás de Sushiro son japoneses (pero nacieron en Perú).

El papá de Alberto es alto y gordo; el de Cristina, flaco y alto; la mamá de Elsa es baja y se queja de tener una cola demasiado ancha. La mamá de Sofía no es ni alta ni baja, pero tiene el pelo rizado y a ella le gustaría tenerlo lacio y largo.

Al papá de Eduardo le encantan los deportes, igual que a la mamá de Inés, pero al papá de Ignacio le gusta relajarse viendo tele, mientras toma una cerveza.

La mamá de Eugenio odia el fútbol, pero a la mamá de Coqui le encanta ir a la cancha.

La mamá de Yahir es musulmana; el papá de Teo es católico (pero la mamá dice que no cree en nada).

Los papás de Susana tienen una señora que los ayuda en la casa, los papás de Mirta deben hacerlo todo ellos mismos. Los papás de Alberto son mexicanos, pero están separados (aunque viven en la misma ciudad).

Los papás de Carolina no están separados, pero el papá trabaja en una empresa que está en otro país, vuela los lunes a la madrugada y regresa los viernes por la tardecita (sólo está en su casa los fines de semana y durante las vacaciones).

Y cada uno ha preguntado alguna vez a su mamá: ¿Por qué nadie es como nosotros?

El hombre ave

A Emiliana Merino

Un hombre y una mujer se conocen en un congreso de personas a las que les hubiera gustado ser aves. He aquí lo que ocurre: se enamoran y deciden pasar el resto de su vida juntos. En el momento de tener un hijo piensan en darle el don que ellos anhelaron. Con increíbles esfuerzos logran llegar hasta los mejores especialistas, para pedirles que manipulen sus genes de tal manera que su hijo nazca con plumas y pueda volar.

Sin embargo pasan una noche en crisis, con grandes dudas y angustias, al pensar en las consecuencias que acarrearía a su hijo este don. Al amanecer, agotados por sus cavilaciones, de todas maneras deciden hacerlo y que lo criarán como a un niño normal.

El hijo nace sin estar completamente cubierto de plumas; pero de sus brazos, sí, nacen hermosas plumas verdes y turquesas. A la edad en la que todos empiezan a caminar, él comienza a volar; hecho que sus padres jamás revelan a nadie, pues no quieren convertirlo en un niño-fenómeno, alguien a quien llevaran a un circo o a un programa raro de televisión.

Esto permanece como un secreto toda su vida. Sólo vuela de noche o en lugares muy apartados, para su propio placer y la felicidad de sus padres.

El joven crece y se enamora de una muchacha que lo quiere tal cual es, vale decir, con esas plumas que ella descubre la primera vez que lo ve sin ropa. Esto es tan importante para él que decide que esa muchacha, capaz de aceptarlo, será su mujer para toda la vida. Luego de expresarle su amor le confiesa algo que jamás había contado: al hacer su cuerpo más liviano para que pudiera volar, los médicos debieron programar unas piernas muy ligeras, es decir, frágiles, por lo tanto nunca había podido jugar al fútbol, ni correr, ni siquiera caminar por mucho tiempo sin sentir un gran cansancio, y quería que sus hijos fueran como los demás niños. Ella lo abraza y le dice que sí, que por supuesto, que no tema. Cuidándose de no ofenderlo, le pide que le muestre cómo vuela. Él despliega sus majestuosos brazos y lo hace. Emprende un vuelo amplio. Se zambulle en el cielo como hacía tiempo no lo hacía. Por el placer del aire, pero también como si se despidiera del vuelo.

Entonces le ocurre algo completamente inesperado, ve a una mujer enfrente suyo, en el aire. "¡Ella!", piensa, e instintivamente baja la mirada; pero no, ella seguía abajo acompañándolo con los ojos. "¿Entonces?", se pregunta confundido mientras levanta la cabeza de golpe.

Por primera vez, y cuando acababa de sentir que su vida cerraba como un círculo perfecto, allí había alguien más que volaba.

Sensible pérdid

Ls cutro vocles quí presentes hemos convocdo est reunión de prens pr confirmrles un notici que er un rumor público y nos tiene sumids en el ms hondo pesr. Me refiero l sensible pérdid de nuestr querid compñer, letr precursor de todos los diccionrios: l primer de ls vocles. El dolor y l confusión de este momento no nos permiten ser ms extenss ni brindr ms detlles. Pero, sí mismo declrmos con l myor de ls fimezs que ningun de nosotrs cutro se encuentr enferm ni en peligro. Eso es totlmente flso.

Y hor disculpen pero hoy no vmos poder dr lugr sus pregunts, les rogmos que comprendn l seriedd de este momento y ls dejen pr otr oportunidd. Debemos convocr los poets, los utores, los cntntes, cuentcuentos, conferencists pr resolver el enorme desfío de ver cómo hremos nosotrs cutro pr que ustedes puedn seguir expresndose con l plenitud de siempre. Grcis y buens trdes.

EN MI PAÍS

Un señor en un bar:

—¡Mozo!

Éste no se da por aludido.

—¡Mozo! *(insiste).*

Otra persona, de una mesa cercana, se inclina:

—Acá se dice "mesero" y no "mozo". No es que el mesero no lo haya oído, seguramente se ofendió.

El primer señor intenta nuevamente:

—Mesero, unos fósforos.

—¿Mande? *(llega el mesero, solícito).*

—¿Perdón?

—Es que acá decimos "mande" cuando alguien nos llama.

—En mi país decimos: "¿Qué?" *(el señor).*

—Acá eso es de mala educación *(el mesero).*

Interviene una señora que leía un libro en otra mesa:

—En mi país "mala educación" es corregir a una visita.

—Pero estamos en este país, señora, no en el suyo *(el mesero, ofendido).*

—En mi país un hombre no puede hablarle

a una mujer si ella no está en presencia de su marido *(un señor apoyado en la barra).*

—El mesero hizo bien en responderle, en mi país es una falta de respeto no contestar a una dama. *(otro hombre desde la barra).*

—¡Será! ¡Pero en mi país una mujer no se pasea sin un familiar! *(una mujer bajita, sentada junto a sus hijos y el esposo).*

—¡Pues, fíjese que en mi país eso sería una vergüenza! *(replica la mujer del libro).*

El señor, desde la barra, aclara:

—No, lo que ella le quiere decir…

—¿¡Cree que no entendí porque soy mujer!?

—Los hombres son paternalistas con nosotras *(una joven estudiante desde una mesa, mientras su acompañante, un joven delgado, asiente con la cabeza).*

—¡En mi país los jóvenes les guardan respeto a sus mayores! *(brama el segundo señor, desde la barra).*

—¡En mi país también, cuando vamos a los museos a ver dinosaurios! *(replica la joven).*

—¡Esto es culpa de la televisión! *(se lamenta un señor desde otra mesa)*. En mi pueblo no hay televisores y los jóvenes no son maleducados.

La señora bajita, que está rodeada por su familia, interviene:

—¿¡Y en qué gastan su tiempo, me gustaría saber!? ¿¡En hacer porquerías!?

—¡El amor no es una porquería! *(la joven a la mujer bajita).*

—¡Cállese la boca, insolente! *(el esposo de la señora bajita).*

—¡Oiga, no se meta con mi novia!

Interviene el joven delgado que acompaña a la estudiante; pero desde la barra uno de los señores le responde con ironía:

—En mi país los hombres no van tras las faldas de las mujeres.

—¡Será porque ellas llevan los pantalones! *(contesta ella).*

—¡Jóvenes! ¡Retírense! *(el mesero, acalorado).*

—¡Somos clientes, no puede echarnos! ¡En mi país estudio abogacía y conozco mis derechos! *(el muchacho delgado).*

—¡Acá nos reservamos el derecho de admisión! ¡Fuera! *(el dueño, que asoma desde la cocina).*

El mesero aferra a la joven del brazo, entonces, interviene el esposo de la señora bajita:

—¡Mesero! Es una mujer, ¡sea prudente usted también!

—¡Es mujer pero nos ofendió! *(el mesero).*

—¡No los ofendí! ¡Di mi punto de vista! *(la joven, defendiéndose).*

—Si en mi país una mujer habla sin permiso del marido es una falta de respeto *(uno de los señores de la barra señalando al joven).*

—¡Él no es mi marido! *(la muchacha).*

—¡En mi país una dama sólo viaja con sus padres o su esposo! *(el señor de la barra).* ¡Mujer perdida!

—¡Oiga, no la ofenda, es casi una niña! *(la mujer bajita).*

—¡Si rajan a los jóvenes, yo me voy! *(el primer señor, que había pedido cerillos).*

—Acá se dice "si los corren" *(el mesero).*

—En mi país eso quiere decir "si los persiguen" *(el señor de los cerillos).*

—En mi país hay un proverbio que dice "La visita es el Rey" *(la señora del libro).*

—Y acá tenemos uno que dice "Donde vayas haz lo que vieres" *(el mesero).*

—Si en mi país hiciera lo que acabo de ver, me echarían por mal educado.

—¡Si no está a gusto, vuélvase a su país! *(el dueño del local).*

—¡Por supuesto que sí! *(el de los cerillos).*

—¡Yo también me voy! *(la señora del libro).*

—¡Y nosotros! *(la señora bajita y su familia).*

—¡No regresaremos jamás! *(la pareja de jóvenes).*

—¿¡Por qué no me habré quedado en casa, hoy!? *(uno de los señores de la barra).*

Todos se marchan del bar. El dueño se quita el delantal, quejándose con desánimo:

—¡Para qué habré emigrado de mi país! ¡Quiero cerrar el local e irme! *(Dirigiéndose al mesero)*: A ver Juan cómo se las arregla usted porque ya estoy harto.

El dueño arroja el delantal sobre la barra y se va. El mesero recoge las mesas mientras piensa para sí: *Qué cómo me las arreglaré, ja… si en este país ya no hay trabajo… no me quedará más que irme a otra parte.*

El mesero emigra a otro país. Llega y se dirige a un bar a distraerse un poco. Llama:

—Mesero, cerillos.

Un señor, desde otra mesa, se inclina y le aclara:

—Acá se dice "mozo"… y "fósforos".

Mi aporte a las ciencias

Presento una invención que, aún incompleta, no dudo en poner al alcance de la Humanidad para que la conjunción de otros esfuerzos permita terminarla: la tabla del nueve y medio.

Nueve y medio por uno: nueve y medio. Nueve y medio por dos: diecinueve. Nueve y medio por tres: veintiocho y medio. Nueve y medio por cuatro: treinta y ocho. Nueve y medio por cinco: cuarenta y siete y medio.

Descubrí que lo que me llevó al fracaso en intentos de años anteriores era un error de cálculo. Por ejemplo: Nueve y medio por dos coma siete: veinticinco coma sesenta y cinco. Nueve y medio por ocho coma sesenta y cuatro: ochenta y dos coma cero ocho. Y así daba cualquier resultado; pero ya lo corregí. Nueve y medio por seis: cincuenta y siete.

Los sopifofos

Son una especie de animales, pero no son animales, porque hablan y piensan como las personas, nada más que tienen unas asas como si fueran jarras de servir el té, pero no son jarras porque tienen un lugar que es para escribir y algunos llevan pluma también, pero a otros les gusta jugar al fútbol. No a todos, porque algunos sopifofos son más de jugar a la mamá. Pero no son niños. Son como los niños porque algunos van a la escuela, pero los niños no vuelan y los sopifofos, sí. No todos los sopifofos, pero la mayoría sí, porque tienen unas alas con unas plumas y para aterrizar tienen rueditas como los patines, pero no son aviones ni tampoco se venden. Hay sopifofos que suelen ir por el mar como los barcos y algunos van flotando. Otros se hunden y no pueden encender fuego, porque hay algunos que tienen una parte que sirve para calentar algo, si uno quiere hacerse un huevo frito, por ejemplo. Además no dan olor porque tienen una cosa que saca el olor y otra que es como una banderola toda llena de colores, como si fueran lápices. Algunos sopifofos escriben con unos elementos que no parecen para escribir y además no tienen rueditas, pero si quieren pueden patinar sin aprender porque cuando nacen ya saben. En invierno algunos se van y otros aprovechan para volver, y en verano los que se fueron vuelven y los que habían venido igual se quedan. Los hay peludos, pero también se aparecen pelados y dicen una cosa que no se les entiende porque son de esos que les da por hablar en otro idioma.

Algunos tienen como unas patas que parecen de madera y una cosa como un cajón y sirve para poner la lámpara, como si fueran mesitas de noche, pero otros son como lámparas, sólo que alumbran si no se durmieron del todo. Si les da sueño no alumbran. En cambio hay otros que sólo alumbran si les da sueño.

Seguí, Alberto

Alberto: —Mirá, estaban Tito, Pablo, la tía Ema, Nora...
Rafa: —Adela, acordate, Adela, el Fernando.
Juan: —¿La de los rulitos?
Rafa: —No, ésa es Ema.
Alberto: —Sí, Adela, el Fernando... ¡Daniel! Acordate que Daniel también estaba.
Rafa: —Cierto, sí, Daniel.
Juan: —¿El hermano de Fernando?
Rafa: —No.
Alberto: —El primo de la tía Coca.
Juan: —Ah.
Rafa: —Pero Daniel, el hermano de Fernando, también estaba, acordate.
Alberto: —Cierto, que me dijiste que llegó un poquito más tarde, y éste, que fue el que me lo contó a mí... la cosa es que la tía ya venía con los cables pelados, ¿no?
Juan: —¿Tía Ema?
Rafa: —No, Coca, a Ema nunca le dijimos "tía".
Juan: —...pero es tía.
Alberto: —Sí, pero le decimos "Ema". Ella ya venía cruzada: "¿Es cierto que vos le dijiste a Pablo que Nora

anda hablando por ahí?". Y Nora se dio vuelta de golpe: "¿¡Vos estás diciendo eso!?".
Juan: —¿A Tito?
Rafa: —No, a la gente, por ahí.
Juan: —No, pero Nora ¿le dijo a Tito?
Rafa: —No, a Pablo; seguí, Alberto.
Alberto: —"¿¡Vos estás diciendo eso!?" le dijo, y Adela saltó: "Él no está diciendo nada!".
Rafa: —Adela lo defendió porque lo tiene sonando.
Juan: —¿A Tito?
Rafa: —No, tonto, a Pablo, al marido. Seguí, Alberto.
Alberto: —Y la otra miraba nada más, ¿no?, así.
Juan: —¿Nora?
Alberto: —No, Ema. "¡A vos te pregunto!", le dijo.
Juan: —¿A Pablo?
Rafa: —No, a Tito.
Alberto: —"Dejá que le contesto yo", le dijo Pablo.
Juan: —¿Pablo... a la Tía Coca?
Rafa: —No, a Nora. Seguí, Alberto.
Alberto: —"¡Vos bajá el tono, mejor!", le dijo.
Juan: —¿Nora... a Pablo?
Rafa: —No, Tito a Nora, por cómo le habló a Pablo.
Alberto: —"¡Contestá lo que te pregunto!", le dijo tía Coca a Tito. "¿Para qué querés que te conteste si sabés que es cierto?".
Juan: —¿Tito?
Alberto: —No, Ema. "¿Que es cierto que anda diciendo eso?". "No, que estuvo hablando". "Él no estuvo hablando nada", le dijo Pablo.
Juan: —¿A Ema?
Rafa: —No, a tía Coca. Seguí, Alberto.
Alberto: —"¡Ésta habla porque el aire es gratis!", le

dijo Fernando a Daniel, pero como diciéndoselo a Nora.
Juan: —¿Daniel, el primo de tía Coca?
Alberto: —No, el hermano de Fernando, "Vos no te metás que va a ser para peor", le dijo Fernando, y éste tragaba y tragaba.
Rafa: —Porque yo sabía que era cierto, ¿viste?
Juan: —¿Que si se metía era peor?
Rafa: —No, que por más que la tía Coca estuviera en corto circuito, era cierto.
Juan: —¿Que Tito había estado diciendo?
Alberto: —¡No, tonto! Que Nora había estado hablando. "Pero si es cierto", le dijo.
Juan: —¿Vos, Rafa, le dijiste?
Rafa: —No, Fernando a mí, pero Daniel lo oyó. Seguí, Alberto.
Alberto: —"Mirá, a lo mejor yo hice mal en hablar", dijo Tito. "No empecés pidiendo perdón", le dijo.
Juan: —Tía Coca…
Alberto: —No, Ema. "Dejalo hablar", la interrumpió Adela.
Rafa: —"Sí, dejalo que hable porque acá la pobre chica está toda mortificada", dijo tía Coca y ahí Daniel levantó las cejas, así ¿no?, como diciendo…
Juan: —¿Daniel, el hermano de Fernando?
Alberto: —No, el primo de tía Coca ¿viste?, como diciendo "Bueno, tampoco es para tanto". Y la otra le hizo "ojo" con la mano, lo cortó en seco ¿no?, y Daniel dijo: "¿Viste, tocayo?, me hacen callar".
Juan: —Al otro Daniel.
Rafa: —No, a Fernando.
Juan: —¿Daniel le dijo "tocayo" a Fernando?

Rafa: —Como una manera de decir. Seguí, Alberto.
Alberto: —Y saltó Adela como una víbora: "¡Dejalo hablar, caray!".
Juan: —¿Por qué?
Alberto: —Porque lo cortó, así con la mano.
Juan: —No, por qué saltó Adela.
Rafa: —Porque ella sabía que Daniel te iba a defender.
Juan: —¿A mí? ¿¡Y yo qué tengo que ver!?
Rafa: —"Acá el que la embarró es tu novio", dijo Pablo. Seguí, Alberto.
Alberto: —"Con él no te metás, que es buenísimo".
Juan: —¿Quién dijo? ¿Nora?
Alberto: —No, Daniel, Nora estaba que hervía.
Juan: —¿Con Pablo?
Rafa: —Con vos, retonto, con vos, porque no sé qué comentario hiciste y Pablo se enteró.
Juan: —¿A quién?
Alberto: —A Nora y después salió diciendo.
Juan: —¿Nora?
Rafa: —No, Pablo.
Alberto: —Entonces ahora tendrías que ir y hablar.
Juan: —¿Ir a hablar con Pablo?
Alberto: —¡Con Nora! ¡Nora! Norita, tu novia, nuestra prima. ¿¡Qué querés, que te haga un croquis!?
Juan: —¡Pero... ¿y que dije qué?! ¿¡Qué fue lo que dije!?
Alberto: —No sé, ahí no lo quisieron repetir, el ambiente estaba espeso.
Rafa: —A ver, ¿vos con quién estás de novio? ¿Con Nora o con Tito?
Juan: —Qué habré dicho.

Rafa: —Si no sabés vos.
Alberto: —Andá y preguntale.
Juan: —¿A quién, a Nora?
Alberto: —A Pablo, loco, que es el que anduvo diciendo.
Juan: —¿No dijiste que mejor hablara con Nora?
Rafa: —Hablá con Nora que es la enojada; pero preguntale a Pablo qué comentario hiciste. Al final tiene razón Beto.
Juan: —...No sé qué dije.
Rafa: —¡Negro! ¡Traé tres cafés, a ver si lo despertamos a éste!

Rafa saca un cigarrillo; Alberto toma uno. "A ese Beto no lo tengo ni ahí", pensó Juan.

Sálvese quien pueda

Estaba soñando
con una playa
en un paraíso
rodeado de amigos.
Pasa un avión
y se le cae un martillo,
me da en la cabeza
y acaba con la fiesta.
Me siento confundido,
"¿Cómo es posible:
un maldito martillo
desde un avión?".
Abro un ojo
y se mete la luz
como un pirata que grita:
"¡Al abordaje!".
Está el despertador
a *full* con su taladro.
Son las seis y media en la realidad.

Cierro los ojos
para huir al paraíso,
regresar es imposible,

ya se evaporó.
No quiero ni moverme,
la cama está muy rica.
Son las seis y treinta y cinco en la realidad.
Oigo un grito:
“Es hora de levantarse”.
Son las seis y cuarenta en la realidad.
Asomo un pie
debajo de la colcha,
apoyo el otro
en el piso congelado.
Me pesa la cabeza,
me pesa todo el cuerpo.
Son las siete menos cuarto
en la realidad.

Sentado en la cama
me ponen la camisa,
con los ojos cerrados
me enchufan las medias.
Me pongo el pantalón
y caigo acostado.
Son las siete menos diez en la realidad.
Siento que me calzan
los zapatos y me llevan
hasta el baño, de repente
me distraigo y me sorprende
una grúa que deja
una taza que echa humo.
Estoy parado en el comedor.
Baja el café con leche
por el tubo de mi garganta.
Son las siete menos tres en la realidad.

La mochila en mi espalda
pesa una tonelada.
Vuelvo a dormirme
en el autobús que me lleva.
Me arrojan en la puerta
como a una bolsa de harina
Ya son las siete y cuarto en la realidad.
Entro al mismo patio
donde hay grito y alboroto,
pasa una hora, pasan dos
sin que me entere.
Recién a la tercera
como que abro los ojos
y empiezo, yo también,
a correr como loco.
No es el paraíso,
es la selva de la escuela.
Bienvenido a las nueve,
y sálvese quien pueda.

La misión de los astronautas

A Coqui Dutto

El cielo es un lago azul, limpio y más quieto que el
lago más callado y quieto.

Ahí flotan unas viejas y pesadas barcas de lata
con astronautas que dividen su tiempo
entre cumplir su misión
y enviarles correos electrónicos a sus familias.

Después de medir los efectos de una tormenta solar
en un metal recién inventado,
un astronauta chatea con su hija de cinco años,
triste pues se murió su tortuga.
Ella le pregunta si está en el cielo con él, si puede verla.
Le responde que él está flotando en el espacio,
que es otro cielo, no ése por el cual ella pregunta;
e intenta distraerla contándole que hace cálculos
importantes, que ve la Luna de cerca,
que la Tierra es una enorme pelota hinchada de agua,
que la nave tiene pantallas con números correctos,
que cuando sea grande podrá elegir
entre vivir en Marte
o en uno de los satélites de Saturno.
Ella insiste: Pero ¿la ves?

Él contesta que no.
¿Por qué no la ves?
Él duda un segundo antes de responder.
Porque la ventana es pequeña.
Mi tortuga también es pequeña.
Estas ventanas son todavía más pequeñas.
¿No se ve nada?

Al terminar la comunicación de todos modos se acerca a una ventanilla. Pero sólo se ve el ojo de Dios.

Terco como vos

Juanito, ¿qué querés ser cuando seas grande?
Avión.
No, cuando vos seas grande, Juanito.
Tren de alta velocidad.
Juanito, ¿no oís lo que te pregunto?
Proa de un barco de altamar.
Me estás cansando, te lo pregunto en serio.
Submarino atómico.
¿¡Querés que llame a papá!?
Bueno, una bandada de pájaros.
No, Juanito, no podés ser eso, ¿me estás tomando el pelo?
Bueno, un iceberg.
¿¡Querés parar, por favor!?
Cinco ballenas, un viento que venga desde China…
¡Juanito!
…el cielo sobre Rusia.
¡Mirá que te quedás sin tele una semana!
Una bandada cruzando el océano, un bosque en invierno.
¡Listo! ¡Te quedás sin tele!
Un teatro lleno, el aplauso de cinco mil personas.
¡Osvaldo! ¿¡Querés venir, por favor!? ¡Este chico salió terco como vos!

Crónicas francesas de los indios del Caribe

A Pelayo

"En nuestro primer amanecer en alta mar el P. Jacques me comentó que sentía un leve mareo. Hacia la media mañana se lo veía de un azul que nos preocupó y como no podía hablar, pues se le había hinchado tanto la lengua, él trataba de disimular su estado con una gran sonrisa y señas de que estaba bien, luego lo cual volteaba los ojos en blanco y continuaba gimiendo y temblando. Unas horas después su descompostura lo hacía echar vientos y sustancias con una pasión digna de mejor causa. Esto fue motivo de grande risa para la tripulación, pero como duró desde la mañana hasta la tarde y como al rodar de parte a parte hacía tropezar a la gente era un estorbo y se lastimaba, unos marinos lo ayudaron arrojándolo al mar. Por lo que entendimos que ésa era una señal que el Señor le daba en su voluntad de que regresara a Francia, confiados en la providencia de que esos peces grandes, con aletas que salen de las aguas, fueran seres enviados para regresarlo sano y salvo..."

"...En lo que a narraciones de los sacerdotes españoles sobre un monstruo alado que aguarda en las playas y devora a los que descienden de las naves, podemos asegurar que son estúpidas, idiotas, fantasiosas y carentes de todo sentido de obligación a la pura descripción de la realidad tal como la modeló El Creador, ya que el citado monstruo no es alado sino que tiene nueve patas y dos fauces y unos colmillos de oro puro, fáciles de sacar. Y no come a nadie sino que da unos gritos y lanza llamas al cielo que son sofocadas por unos ángeles que El Señor envía con unos cuencos y le echan agua hasta que el monstruo extingue su fuego; y vuela, sí, pero no con alas sino que los ángeles lo toman por sus antenas y lo alzan y eso enternece al monstruo de tal forma que se eleva saludando con sus patitas y llora que da mucha pena verlo. Esto sí no lo vi yo, pero sí el Hmno. Philippe por sus propios ojos y contómelo sin agregar nada que no fuera del agrado de ser fiel a las cosas creadas..."

"...ya una vez en tierra. Fue muy grande la nuestra alegría cuando vimos que los naturales del lugar salían a recibirnos con frutas... que nos empezaron a arrojar cuando estaban cerca . El Hmno. Philippe les decía: *Más despacio, hijos míos, que así no las podemos tomar.* Pero entonces le alcanzaron con un coco en plena frente y tardó en recobrar el su conocimiento..."

"En el lenguaje de los salvajes faltan algunas letras naturales al nuestro común vocabulario: P, M, V, B, X, N, Q, R, J, G, D, Ñ, Z y la L. También faltan todas las vocales, prácticamente. Tienen una que es como la U colocando la boca como para decir A. Usan mucho la F y la T a cada rato y para cualquier cosa. Y pronuncian la C como nosotros la N. A la F la pronuncian mordiendo fuerte la lengua y separando los labios muy rápidamente, pero sin abrir la boca..."

"...Hombres, mujeres, jóvenes y viejos, tienen lenguas totalmente distintas y toman por grande burla que unos hablen con la lengua de otros por lo que jamás logran entenderse entre ellos y los viejos creen que los jóvenes están locos, las mujeres que los hombres son estúpidos y nadie entiende a nadie y son las veces que están entre grupo y grupo riéndose de cómo hablan los demás y si en medio de ese descalabro un joven cumple años, tiene que pasar al grupo de los hombres, sin dejar de gritar, pero ahora en contra de los jóvenes (...) y por ello nunca prestan atención a nosotros, Humildes Siervos de la Voluntad del Universo, en la nuestra Noble Tarea de que lo mejor es dar el Sacramento del Bautismo a estos pobres infelices cerrados y obtusos para lo que no sean sus prácticas y rituales, negados a interesarse en el mundo nuevo que se les presenta y obstinados en hacernos participar de sus costumbres. No como nosotros que somos inspirados en la sola voluntad de convertirlos a una Vida Superior y costumbres como es mandado a hacer..."

"...Cuando un muchacho encuentra una joven que le apetece, se acerca a su vivienda por las noches aullando tristemente a veces y otras dando unos saltitos cortos acompañados de un alegre ladrido. Los vecinos no pueden dormir por lo que le arrojan unos pedazos de barro cocido que preparan para esas ocasiones. Si el pretendiente sobrevive a las bolas de barro cocido la familia lo acepta, que es que le reciben en la casa con grandes honores y golpes. Forman una ronda dando voces y cantos, el pretendiente se coloca en medio y danle mordidas y mastican hasta ablandarlo en la creencia de que esto hará que él sea dulce con la mujer. Nunca falta el que, por ser pronta la hora de comer o por angurria animal, pasa de mordiscón a dentellada que arranca un pedazo..."

"...los salvajes van de pesca y llevan a los niños y a los más ancianos a los que usan de carnada atándolos del tobillo a una rama y colocando el tronco en la orilla y hunden al viejo en el río con toda y grande alegría y festividad, mientras las mujeres amasan una mezcla grasosa que sirve para adelantar el celo de las gallinas y para teñir el pelo de los guerreros, y que, confundido, sus efectos a veces pone muy bravas a las gallinas... Los niños lanzan piedras al río para dar en los ancianos pero como eso ahuyenta la pesca, los mayores los espantan arrojándoles peces. Los niños enfadados se quejan a sus abuelos que, aún colgados y peleando contra algún pez, regañan a los mayores. Las madres se enojan tanto que a todos da risa y entonces hacen un baile tomados de la mano y se arrojan al río desnudos y olvidando sus tareas y nos invitaron a lo mismo, pero la mi pudor me lo impidió, en cambio el Hmno. Philippe fue de sí contento y en medio de estar nadando y refolcijando con todos

lo ataron a un palo como carnada y hube de intervenir yo espantándolos a golpes de vara..."

"Fuimos invitados a participar de la su fiesta y comida más importante pareciéndonos una buena oportunidad de confraternizar en función de la su posterior conversión a la Nuestra Iglesia. Nos colocaron junto al jefe como muestra de la importancia que a sin duda traía la nuestra condición de enviados por una Voluntad que estos salvajes aún sin conocerla ya intuían en todo su Divino Esplendor y Fortaleza. El Hmno. Philippe, que había aprendido algunas palabras en la su lengua, quiso brindar al jefe un saludo de gratitud y amistad, y en algo debe haber fallado la pronunciación porque el jefe dejó de sonreír y lo golpeó. Iniciose la ceremonia con un baile en el que sólo algunos caminaban en ronda estornudando y tosiendo mientras los demás reían mucho y nos señalaban, en lo que creímos que era su muestra de hermandad e invitación a participar de la extraña danza y entonces echamos también a toser y reír y como quedaron serios y callados el Hermano intentó nuevamente el saludo pero el Jefe se levantó y repitió en pegarle (...) enseguida siguió la *peinada* que consiste en arrojar sobre la cabeza de las visitas una sustancia viscosa mezcla de miel con grasa de jabalí. Esto mientras realizaban unos cantos que en mucho parecíanse a que estuvieran riéndose de nosotros. El Hmno. Philippe quiso volver a saludar, pero yo le pegué (...). La comida comenzó con uno de sus manjares preferidos que es un lagarto verde de sangre violácea al que cazan con los talones dando de fuertes patadas al piso. Así lo maceran hasta que queda una pasta azul que despide un olor que es el día de hoy en que no he logrado recuperar la confianza de la mi nariz y conseguir que vuelva a abrir las fosas... Luego trajeron una bebida de suave color a la que agregaron unos granos que hacen caer el pelo, adormecen los pies y los ojos quieren saltar de la cara, comienza a venir como un fuego a la boca y una voluntad de dar la cabeza contra el suelo...

...el posterior caldo en sí era sabroso, doy fe, lo que me preocupaba es que en su interior veía una cosa que no cesaba de moverse. Yo esperaba que el calor de la sopa la terminara de matar o ahogara, pero los naturales me miraban a si rechazaba el su convite, por lo que di muestras de lo rico que resultaba y mandé otras cucharadas, tratando de esquivar esa cosa que nadaba. Los salvajes se sintieron cumplidos y mostraban la su satisfacción sonriendo con unas expresiones que sonaban así: *je, je, je...*"

"Al Hmno. Philippe diéronle un cangrejo vivo rodeado de frutas exquisitas. El animal tenía unas cerezas y nueces en la boca y a cada rato las escupía y el Hermano se las volvía a colocar en la boca y éste volvía a escupirlas. Como el Hermano había seguido bebiendo de aquella cosa, mucho no se controlaba y las primeras veces dio grandes carcajadas, pero luego comenzó a gritar y dar insultos y golpearle en la su caparazón y, en una de las de ponerle una nuez, el mal bicho le mordió con sus pinzas aferrándose a la su mano; el Hermano dio un grito y saltó y sacudió su brazo con tan mala suerte que el cangrejo se soltó y dio de lleno en la cara del jefe. Al ver cómo tomaban sus lanzas, cargué con el Hmno. Philippe en mis hombros y salimos no sin dar muestras de lo mucho y agradecidos que estábamos, y ellos nos respondieron con el saludo que antes había intentado el Hmno. Philippe..."

"...A poco de adentrarme en aquella foresta di con un salto de agua en el que se bañaba un nativo pero de piel blanca. Me acerqué alzando la cruz y dando la buena nueva de que la su hora de convertirse había llegado y entonces él comenzó a hablar en otra extraña lengua y sorprendiome sacando también una cruz (...) éstos viven en una casa de gruesas paredes de barro cocido, de un solo y enorme cuarto, con una torre en la que clavan una cruz de Nuestro Señor. Una o dos veces a la semana estos de piel blanca y barba invitan a los de piel morena a entrar en su casa grande a una especie de ceremonia (...). Un día asomé y cuál no fue mi sorpresa al ver que se reunían en torno a un altar con una imagen de la Virgen. Esperé en la noche y rescaté la dicha imagen y la llevé a una cueva escondida que es preferible que esté ahí y no sufriendo pagana captura... Al otro día, enterados de la falta gritaban como locos y corrían alarmados. Yo gozaba la su desesperación y pensaba para mí: *Corran desgraciados, que a la Virgen no se las devuelvo.*"

"...ayer acercáronse un grupo de los de piel blanca, todos con Biblias en mano. Querían conferenciar con nosotros... pero me pareció tal sacrilegio el Santo Libro en sus manos que arranqué a patadas hasta que se los quité a todos menos a uno que corrió dando gritos".

"...El Hmno. Philippe, que sabe de varias lenguas, habló con los de piel blanca que resultaron ser religiosos alemanes que llevaban tiempo en la su obra por lo que decidimos partir a otros lugares..."

"...y probamos suertes en otras muchas islas, en una de las cuales el Hmno. Philippe se amancebó con una nativa y tuvo hijos a los que todavía no bauticé porque el Hermano se niega y dice que ya no lo moleste; pero esta nativa tiene una prima llena de bondad y gracias naturales y en la que estoy poniendo todo mi empeño. Sea Su Infinita Voluntad".

Naranjas y marcianos

Cierta vez un bombero juntó a unos amigos y fue a darle una serenata a su novia. Al rato salió un vecino: "¡Dejen dormir!". Pero ellos continuaron cantando. Salió otro: "¡Váyanse o llamo a la policía!". Tampoco le hicieron caso. Salió uno a tirarles un baldazo de agua. Continuaron cantando a los gritos. Salieron cuatro vecinos con baldes de agua y los empaparon. El bombero quiso seguir cantando, pero sus amigos, en venganza, sacaron la manguera de la autobomba y comenzaron a tirar agua dentro de las casas. Comenzó un griterío que despertó al barrio. Se llenaron las ventanas y balcones de vecinos con cacerolas y palanganas de agua. Salían así como estaban: en camisón o piyama, gritaban enojados y arrojaban su baldazo. Luego golpeaban las cacerolas vacías (en los bancos apagaban las luces por temor a una manifestación o a tener que regresar el dinero a los ahorristas). Los bomberos seguían rodeados de vecinos furiosos a los que ellos apuntaban con su manguera, mojando a diestra y siniestra, con un chorro tan fuerte que los hacía caer sentados. Uno de los vecinos, no encontrando nada mejor para arrojar, trajo unas naranjas. Al rato estaba todo el mundo a los naranjazos contra los de la serenata. Todos menos la novia, que le advertía: "¡Que no te lastimen, Abelardo!". La calle parecía un río con cientos de naranjas flotando.

No tardaron en venir los policías y los indios para llevar presos a los bomberos; pero ellos apuntaron con la manguera y los hicieron caer una y otra vez, dos en total. Poco a poco la gente se cansó y a todos les vinieron ganas de dormir y punto, que es una expresión que significa que les vinieron ganas de eso y de nada más. La calle quedó tranquila, sólo se oían algunas gotas que caían desde los balcones.

Nadie quiso hacerse responsable de retirar las naranjas y, al escurrirse el agua, quedaron plantadas, crecieron y la calle se llenó de naranjos. Eran tantos que, cuando florecían, el perfume daba la vuelta al mundo y llegaba hasta Marte. Los marcianos suspendían sus actividades para disfrutar del perfume de azahar. "Tendríamos que volver a ese planeta", decían con nostalgias de la Tierra.

La novia y el bombero se casaron. Tuvieron un hijo que estudió para astronauta y de ahí supe la parte de los marcianos. "Te lo juro por esto", insistía y me mostraba una piedra muy rara. Yo le hubiera creído aunque no me mostrara esa piedra, no porque sepa de marcianos, sino porque uno nunca sabe hasta dónde llega el efecto de un acontecimiento. Se multiplica en miles de consecuencias, algunas breves o tontas, y otras muy importantes.

Malas palabras

Si a las malas palabras no hay que enseñarlas ni decirlas y, menos aún, escribirlas, ¿para qué están en los diccionarios? Los autores, los editores, ¿no se dan cuenta de la tentación a la que exponen a la gente? Es como dejar a un bebé sentado enfrente de un enchufe. El peligro es como un embudo. Entre observar la bonita pared sin peligro y meter un dedo en el citado enchufe, es seguro que el bebé optará por lo segundo. Habría que sacar las malas palabras de los diccionarios. No se puede a todas, porque algunas son malas palabras y partes del cuerpo, entonces como malas palabras estarán mal, pero como partes del cuerpo son necesarias, porque un médico las precisa. No se podría ir a una consulta y decir me duele aquí, y señalarse, porque es, incluso, más grosero. O en una cátedra de cirugía, otro caso, y que el profesor se viera obligado a decir: El… ustedes ya saben, ¿no? No, a las malas palabras y órganos hay que dejarlos. Hasta un abogado, un veterinario, incluso un policía, las necesitan por razones profesionales; pero hay muchas que son malas palabras y punto. No designan nada más. Ésas sí habría que eliminarlas. Y también advertir sobre otras que se hacen combinando buenas palabras.

El mismo diccionario debería prevenir: *Ojo con usarla de otra manera que no sea... Ni se les ocurra combinar esta palabra con...* Así hasta sacar todas las malas palabras de los diccionarios y, mientras tanto, a los niños a quienes se descubriera en el acto de buscar malas palabras en un diccionario: advertirles. La primera vez, advertirles. La segunda vez, aplicar algún castigo corrector, tipo: *Te quedás sin salir el fin de semana... No podés invitar a nadie a casa... No te compramos la bicicleta...* A la tercera oportunidad decirles directamente: *Nene* (o nena, pero es un ejemplo), *nene: ¿Por qué te gusta meter los dedos en el enchufe de las malas palabras? ¿Querés ser un delincuente el día de mañana? ¿Te gustaría ir preso? ¿No ver la luz del sol más que en un paseíto por día? ¿Entonces?*

Si alguno diera una justificación razonable, de todos modos, guiarlo: *Está bien, pero esperate entrar en la carrera de Medicina; ahora sos chico, esperá recibirte de abogado y tener un caso importante, o ser albañil y pegarte un martillazo. Gracias, papá; gracias, mamá. De nada, hijo mío. Vaya a hacer el bien por ahí y no se aparte de la buena senda. No, papá y mamá, y si llego a pisar un poquito afuera les aviso. Así me gusta, pero trate de no pisar afuera. No, lo digo por si pasaba sin querer. Ah, bueno.*

Unidos

Enmifamiliasomosmuyunidos
yesoesmuylindoporquevamosjuntosato
daspartesynuncaestamossolosporejempl
osiempreonosponemosdeacuerdoparaloq
uequierehacercadaunoyaseaquélegustac
omerosiamihermanalegustaunchicooyo
conocíaalgunachicaquemegustatodoloc
harlamosalahoradelacomidaydecidimos
entretodosloquenosparecemejorparacad
aunoynoshacemoscasoporqueochoojosv
enmásquedosynadanossepararánunca.

La salvación

A Ónix Acevedo

Tomás llegó a su casa a la hora del almuerzo y se sentó a la mesa con sus padres, venía de jugar con sus amigos. La madre trajo la comida, él estaba distraído con alguna anécdota de la escuela. De repente su padre hizo un comentario y se quejó de su cuñado (el tío de Tomás); la mamá contestó ofendida. Tomás sintió nervios en su estómago, el deseo de que eso no ocurriera fue fuerte, sin embargo, en unos segundos la discusión era tan amarga que lo sacó de su refugio imaginario. Se quejó de que pelearan nuevamente. El padre lo mandó a callar y a que comiera. La pelea continuó con fuertes reproches y ocurrió algo muy singular. Tomás notó que la sopa adquiría una consistencia extraña. Se hacía más y más espesa. De todos modos, y obedeciendo un extraño impulso, quiso probarla. La sintió bajar por su garganta, más gruesa que de costumbre y percibió, claramente, cómo se hundía en su estómago, y seguía hasta llenar sus piernas. A pesar de esa extraña sensación, no dejó de tomarla (y ésa es una buena pregunta, ¿por qué continuó?). Afuera, la discusión se transformaba en un silencio cargado de enojo y caras descompuestas. Adentro, la sopa llenaba su cuerpo. Así y todo, nadie se detuvo.

Cuando su padre se levantó para ir a dormir la siesta, Tomás tenía la mirada perdida y sostenía la cuchara en la mano, inmóvil. El padre le reprochó que se hiciera el tonto y le ordenó que comiera el postre. Pero él, aún cuando lo escuchaba, no pudo responder. Se había convertido en una estatua. Sus padres se alarmaron, quisieron llevarlo al hospital, pero pesaba demasiado, y temieron que se quebrara. Llamaron a un médico que no pudo hacer nada, ni ése ni otros pudieron salvarlo.

Los padres se acusaron, agriamente, de que su amado hijo quedara congelado para siempre. Transcurrieron años sin que Tomás saliera de ese estado. Por la casa pasaba un desfile de amigos y parientes compadeciéndose de él, y echándoles la culpa al padre o a la madre, según de qué lado estuvieran.

Una noche en lugar de quejarse del padre, y en un tono que expresaba un reproche contra ella misma, la madre comentó: "Al principio de nuestro matrimonio, cuando nos amábamos tanto, esto no hubiera ocurrido". El padre, en lugar de aprovecharse de ese momento para avanzar sobre ella, sintió que sus ojos se llenaban de lágrimas. Conmovido por la tristeza de su mujer contestó: "No, querida (hacía años que no la llamaba así), no te culpes". Las palabras dulces de su marido le permitieron abandonarse a su sentimiento y, aunque expresó algo muy vago, todos sabían a qué se refería: "Ay, mi viejo, qué tristeza". Así dejó derramar sus lágrimas. El marido le tomó la mano, enjugó su propia emoción y quiso decir que había fuerzas más grandes o direcciones que no se podían controlar, que la vida parecía una tromba, o que

hasta el más lento de los días se había escapado demasiado rápido; pero sólo dijo: "El amor a veces falla".

Esas pocas palabras, de tan triste aceptación, fueron la frase que le devolvieron la vida a Tomás. Sintió que el movimiento regresaba a su cuerpo, primero como una expresión de dolor y hormigueo, luego como miedo a moverse. Se quedó quieto hasta que los padres se fueron a dormir. Se incorporó, tomó unos alimentos, los colocó en su mochila y partió dejando una nota. Había decidido caminar, moverse sin parar. No quería volver a convertirse en estatua, nunca jamás, y en esa casa con tanto enojo en lugar de conversaciones temía que ocurriera nuevamente. No importaba cuánto debía alejarse, siempre estaría más cerca de seguir vivo, que de quedarse mudo, y quieto.

Cuando surgía una discusión, él volvía a sentir cómo si una cucharada de aquella sopa bajara por su garganta. Entonces se alejaba, y no se detenía, en nada ni en nadie, como una barca sin anclas.

Sin embargo fue un amor el que lo detuvo. La paciencia del amor, pues no lo lograba para siempre, sino para cada vez. Y en cada ocasión esa mujer debía ayudarlo a calmarse y, hablándole con suavidad, explicándose, lograba que la rigidez de Tomás se diluyera. Palabra a palabra, o gesto a gesto (pues también eran caricias largas y calladas).

¿Por qué Tomás tuvo la suerte de encontrar a una mujer así? Quizás sólo por eso: por suerte; pero no es cierto, nadie es, finalmente, feliz ni llega a tan buen puerto sólo por suerte. Ocurre que, en el fondo de su corazón, nunca dejó de alimentar, así como se alimenta un fuego que nos abriga, su ilusión. A pesar de que debió huir de cada pelea al percibir que su cuerpo se endurecía, aún cuando vivió como un ave que vive el amor como una rama en la que si se posa lo convertirá en piedra (y no puede dejar de batir sus alas insomnes), aún así, nunca dejó de sentir una gran ilusión, un fondo de felicidad igual que un lago escondido en una gruta. Eso fue su salvación.

A lo largo de su vida la salvación tuvo muchos nombres. Cuando niño tuvo el de un amigo. Luego el de su primera novia, luego el de un viaje, luego un regalo, y así siguió, convencido de que cada una de esas personas y acontecimientos eran señales que confirmaban su ilusión, es decir: su confianza y la certeza de que, por lejos que quedara la otra orilla, él la alcanzaría. Iba a ser feliz. Llegaría a vivir sin miedo a que la furia o el amor lo convirtieran en piedra.

No lo consiguió sin lucha, mágicamente, sino de una manera humana, deshilando sus miedos como hebras delgadas y engañosas. Encontrando razones. Con llanto y risa, día a día. Nombre a nombre. Paso a paso. Palabra a palabra. Fantasma tras fantasma. Beso tras beso. Esquina tras panadería, cielo tras nube, nube tras Sol, y Luna, con su abrazo azul de lago en el cielo.

Pajaritas

Para Amanda Bisciotti,
Leandra Larrea y Jorge Picó.

Es una historia de unas pajaritas de papel que la mamá le había enseñado a hacer a Ema desde que era bebé y colgaba pajaritas de distintos colores sobre su cuna. Ella se dormía viéndolas mecerse con la brisa.

Rompió muchos papeles aprendiendo a hacerlas. Los arrugaba, los partía por la mitad. Su mamá, con mucha paciencia, le alcanzaba otra hoja. El papá llegaba del trabajo y se reía:

—Laura, tiene dos años, no puede hacerlas...

—¡Pero quiere! ¡Mirá!

Ema tomaba otra hoja y la daba vueltas y vueltas mientras hacía un gruñido, como si estuviera concentrada o enojada. El piso quedaba lleno de papeles rotos. A los tres años supo hacerlas y nunca dejó. En los cumpleaños la mamá aparecía con un bonete de mago, hecho de periódico.

"¡Atención, amable audiencia,
que mi arte exige ciencia!
Acomódense en la sala
que vendrán seres con alas".

Mostraba el sombrero vacío. Se lo ponía nuevamente, hacía un pase con las manos y decía:

"Siento plumas, siento vuelo:
¡Algo quiere irse al cielo!".

Cuando se quitaba el bonete sacaba pajaritas de papeles de colores, una para cada invitado, hasta para los grandes. Todas las habían hecho juntas.

En la escuela a Ema la conocían por sus pajaritas. Las podía hacer grandes o pequeñas. Movían las alas.

Cuando tenía once años llegó un chico nuevo al grado, Ema se enamoró desde que lo vio. Martín era hijo de inmigrantes búlgaros, no hablaba español. Pasó el día con cara de asustado y sonrió por primera vez cuando Ema le regaló una pajarita.

A los demás chicos les daba lo mismo que Martín entendiera o no. Iban hasta su pupitre y le hablaban entusiasmados, lo invitaban a esto y a lo otro. Martín los escuchaba sonriendo, cada tanto asentía con la cabeza. Nadie sabía cómo hacer, no era como si hubiera sido italiano o francés que, al menos con una palabra o dos, o buscando en cualquier diccionario, se podía invitar a jugar o pedirle un pedazo de sándwich. Pero, ¿búlgaro? No había un solo diccionario en toda la ciudad.

Para hacer pajaritas no hace falta hablar español, ni siquiera abrir la boca. Ema le enseñó y, por raro que parezca, ése era el único momento en que Martín se soltaba a hablar. Ema le decía:

—No entiendo, no sé qué me decís.

Pero a Martín no le importaba, él tenía ganas de hablar y no iba a dejar de hacerlo porque ella no supiera búlgaro. Martín era la persona más parlanchina que había conocido en su vida; pero sólo lo mostraba cuando estaba con ella, doblando papel. Con los demás chicos se entendía con unas pocas palabras, o por señas y empujones.

Era realmente guapo y, a medida que pasaban los días, Ema se enamoró más y más. Empezó a escribir su nombre en las hojas, luego las doblaba de tal manera que el "Martín" quedaba dentro de la pajarita y nadie se enteraba. Pajaritas llenas de Martín. Igual que Ema.

Una tarde apareció una señora alta y rubia, que la maestra presentó:

—Chicos, ésta es Sofía, la mamá de Martín.

La señora, inclinó la cabeza con elegancia.

—El padres de Martín se encuentra trabajo en otras país y hoy nos despedimos... Martín me pidió que quería decirles que nunca se olvidará de ustedes todos. Que fueron muy buenos, que él y nosotros los llevamos en el corazón *(y apoyó su mano en el pecho)*... para siempre.

Inclinó nuevamente su cabeza, sonrió. Martín miraba a Ema. Todos se quedaron duros por la sorpresa. Se hizo un silencio incómodo que rompió uno de los que jugaba al fútbol con él. Se adelantó y le dio un abrazo. Otro lo siguió y se fueron acercando poco a poco, todos a darle un abrazo de despedida. Ema tenía los ojos húmedos, cuando fue su turno sentía un nudo y ganas de pedirle que no se fuera. Pero sólo se inclinó hacia él que la rodeó con sus brazos. Ella también lo abrazó y cerró los ojos.

La mamá anotó la nueva dirección en el pizarrón, todos la copiaron. Pero ¿qué escribirle si casi no entendía español? Las primeras veces le mandó una pajarita en el sobre, hasta que empezó a recibir postales con millones de errores de ortografía, pero no más que los de cualquier compañero del salón de Ema.

Pero esa tarde, en la que Martín se despidió, fue la más triste de la vida para Ema. No encontraban cómo consolarla. Cuando las lágrimas se cansaron, la mamá tomó un papel rojo y uno azul e hizo una pajarita de dos papeles y de dos colores. Ema sonrió, "¿Cómo la hiciste?", preguntó.

—Te voy a contar algo...

Ema se acomodó.

—A mí me pasó algo muy parecido... una vez llegó un chico nuevo, guapo. Era de acá, sólo que iba a otra escuela y lo habían echado... era la tercera escuela de la que lo echaban, un desastre. Para colmo ni bien llegó, en vez de ser tímido como tu Martín, hacía bromas, llamaba la atención... imaginate, los demás varones lo odiaron de entrada... y varias chicas también.

—¿Por qué?

—...*(Laura levantó los hombros)*. A mí no me importaba que se creyera tanto… lo hacía para defenderse porque no conocía a nadie.

—¿Y vos cómo sabías?

—*(La mamá dudó un instante)*... porque si no me hubiera acercado jamás se habría atrevido a besarme.

—¿Vos le diste el primer beso?

—Ahá... mirá, algo que nunca te había contado, él fue quien me enseñó a hacer las pajaritas.

—¡...! ¿¡De verdad!?

—Te lo juro. Así fue que se acercó... no,

mentira, también fui yo, con la excusa de verlo hacer pajaritas. Es que, cuando lo descubrí doblando papel, sentí que no era tan canchero como se mostraba, eso era pura cáscara. Y no me equivoqué, se ponía nervioso cuando me acercaba.

—*(Ema sonrió)*. ¿Nunca había besado a nadie?

—Él decía que sí, pero nunca le creí... fue mi primer novio en serio, en serio. Era muy dulce.

—¿Y qué pasó?

—¡Uf...! Era un loco de la guerra, no podía estar quieto, quería irse a estudiar a otro país... nada, se fue a Francia con dos pesos y no pudo volver por años. Lo extrañé horrores, cuando regresó ya cada uno tenía su vida por otra parte.

Después de esa conversación pasaron unos años. En la escuela comenzó un curso de teatro, Ema se anotó. El teatro era como las pajaritas, que dejó como se dejan las muñecas. Ahora ella misma, con su cuerpo, se doblaba como el papel de entonces. Y al Martín que sus pajaritas llevaban escondido, lo reemplazó un Leonardo, que ella empezó a llevar adentro, en otros pliegues que tenemos.

Cierto día la mamá le pidió que la acompañara a donar unos libros para la biblioteca del Hospital Infantil. Ema protestó porque se le hacía una salida aburrida; pero accedió.

Cuando ya se iban, después de entregar los libros, a Ema le llamó la atención un grupo de tres médicos que venían con sus delantales blancos. Uno traía nariz de payaso.

—¡No puede ser!

Exclamó la mamá.

—¡Laura!

Dijo el de la nariz de payaso, mientras se la quitaba. Los médicos también se detuvieron, pero él les ofreció que siguieran y los alcanzaría enseguida.

—¿¡Qué hacés, loco!? ¿Estás de médico, ahora?

—¡No, jamás! Nos hacen poner estos delantales a nosotros también.

—Mirá, ella es Ema, mi hija.

El médico, payaso o lo que fuera, soltó un "¡huau!", se inclinó y la saludó con un beso.

—Qué hermosa. Mucho gusto, *mademoiselle.*

Hizo una reverencia en broma. Ema le sonrió como si espantara una mosca. Él dijo que lo esperaban en el cuarto de un niño y contó de un grupo de payasos en hospitales que conoció, que él no era de ellos, pero le gustó la idea. La invitó a un café, se dieron los teléfonos y salió poco menos que corriendo.

—*Au revoir, mademoiselle!*

Le dijo a Ema que preguntó:

—¿Quién era ése?

Laura sonrió.

—¿Ése? Es el que me enseñó a hacer las pajaritas.

A Ema casi se le cayó la mandíbula al piso de la sorpresa. Se dio vuelta, pero ya no lo alcanzó a ver. Al llegar a casa se produjo una pequeña revolución. Ema vio que su papá hacía como que gruñía y sonreía al mismo tiempo, igual que los perros. Medio en broma, medio en serio. Pero la mamá lo abrazó y al otro día se fue a tomar un café y charlar con su amigo,

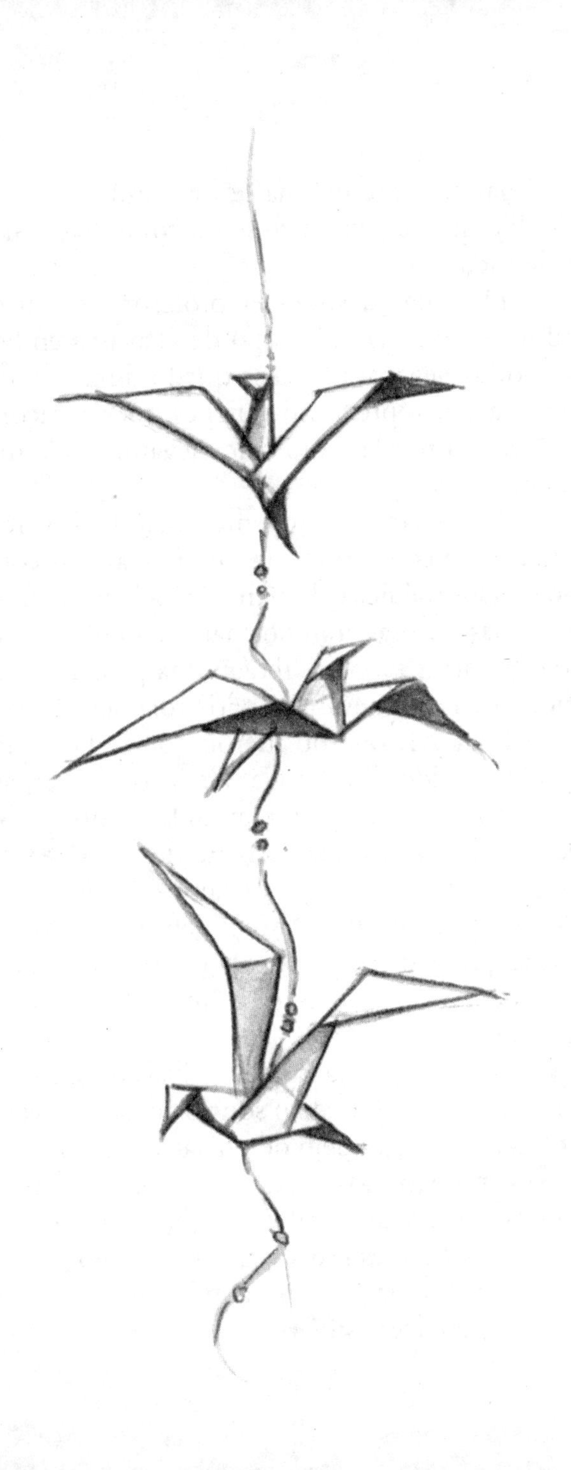

Rafa. Cuando regresó Ema le hizo mil preguntas, y ella le dijo que se habían contado cómo había sido la vida de cada uno.

Dos días después el profesor de teatro les preguntó si conocían al grupo de "Payasos en hospitales", todos negaron; Ema se quedó dura. Les explicó qué hacían y preguntó quiénes querían acompañarlos en una ronda. Sólo cinco levantaron la mano. Ema entre ellos.

A la mañana siguiente, cuando llegaron al hospital, se encontraron con cuatro payasos conversando con los médicos. Tenían la bata blanca, los pantalones y las camisas eran normales, algunos zapatillas de colores, otros zapatos. Tenían una peluca y la boca pintada. Rafa sólo llevaba la nariz roja de plástico.

Ema y Leonardo fueron con Rafa. Comenzaron el recorrido. Primero la sala de espera, espantosamente gris, aunque la limpiarían bien, no dejaba de parecer sucia. Rafa cruzó delante de todos y simuló que tropezaba, unos niños sonrieron, y empezó a llamar la atención con unos movimientos graciosos. Parecía que quería disculparse, pero sólo provocaba más lío. Los papás y los chicos se reían, se habían olvidado del hospital.

Siguieron en la sala de diálisis donde encontraron a un niño. El médico sonrió aliviado al ver que llegaba Rafa. El niño dejó de quejarse, pues no conocía a esos tres extraños. El doctor se lo presentó. Rafa, con mucha naturalidad le preguntó:

—No podés mover los brazos, ¿no?

El niño hizo que no con la cabeza.

—¿Y hacer esto?

E hizo unas muecas con los ojos y la nariz. El niño sonrió y lo imitó. Rafa hizo otros gestos, y el niño también. Puso los ojos bizcos, el niño se rió y respondió poniendo un solo ojo bizco.

Rafa disimuló:

—Bueno, claro, este... yo lo sé hacer, pero veamos si al doctor se lo enseñaron en la Universidad.

Con un movimiento rápido le puso la nariz de payaso al médico. La enfermera se tapó la risa con la mano. El doctor empezó a poner los ojos bizcos, contento de ver que el niño se reía. Rafa saludó y siguieron a otra sala. En ésta había una sola niña con su mamá. Estaba muy delgada, casi no tenía pelo, recostada sobre dos almohadas y su mamá le sostenía la mano. Cuando entraron la señora se incorporó, cedió su silla, como hace la gente humilde cuando entra alguien importante *(hay quien se siente tan humilde que cualquiera es más importante, y la señora cedía su silla).* Rafa no la aceptó, tampoco hizo bromas. Se quitó la nariz, la guardó en un bolsillo, se sentó en el borde de la cama, con cuidado. Hizo señas para que Ema y Leonardo ocuparan otras sillas.

—Hola, Tere, ¿querés que me quede o estás cansada?

La niña apenas levantó los hombros.

—Mmm... ¿querés que te lea una historia?

Asintió con un dedo.

Rafa buscó en su bolso, sacó un libro. Se tomó su tiempo para hojearlo pacientemente, hasta que eligió.

—*Une histoire d'amour, mademoiselle?*

Tere asintió, Rafa comenzó a leer y nadie se

olvidó del hospital ni del típico color crema de las paredes, ni de la hora, ni de nada; pero pudieron respirar el aire del cuento. Cuando acabó de leer, en vez de irse enseguida, se quedó conversando con Tere y su mamá, del tiempo, de cosas que habían oído en la radio. Después saludó con un beso en la mejilla y partieron los tres.

Aunque sospechaba la respuesta, Ema preguntó por qué Tere estaba en un cuarto sola. Rafa le confirmó que padecía una enfermedad terminal.

Entraron en el cuarto de un niño pequeño, era sordo, y estaba con una pierna enyesada. Rafa le sacó la lengua, se acercó y, en una rutina que ya debían de haber hecho otras veces, tomó la mano del niño, la apoyó en su garganta y empezó a hacer unos ruidos. El niño sabía hablar con las manos; pero Rafa no y le hablaba mirándolo a los ojos y vocalizando un poco más lento.

Fueron a la cafetería del hospital. Se sentaron en una mesa libre. Leonardo preguntó dónde quedaba el baño, se fue.

—Así que vos sos la hija de Laura *(comentó Rafa mientras revolvía el azúcar).*

—¿Cómo era mi mamá cuando era tu novia?

—¡...! ¿¡Cómo!? *(desconcertado).*

—Sí, que cómo era mi mamá cuando vos eras su novio.

—Ema, qué pregunta para la cafetería de un hospital... un martes.

Ella sonreía con suavidad, sin dejar de mirar a Rafa, que ahora soplaba. No era una pregunta cómoda. Sorbió un poco de café, para darse tiempo y contestó:

—Como vos, pero no en la cara... *(hizo un gesto con la mano)* en la manera de pararse.

—¿Y eso qué tiene que ver?

—Así, como te parás, en tu ritmo al caminar... así era ella, suave... yo siempre iba atropellado, ella siempre tranquila. Yo como si tuviera que llegar a otra parte, ella como si ya hubiera llegado.

Se hizo un breve silencio.

—¿Estás casado?

Rafa soltó una carcajada.

—¡Bueno! No habrá descanso, ¿verdad?

—Si no querés no contestes.

—Sí, sólo que me causa gracia... a ver, creo que no estoy "casado" o, bueno, lo voy a saber cuando entre en mi casa... si todavía está ahí.

—¿Cómo se llama?

—Martine.

—¿Por qué trabajás de esto?

—No es mi trabajo, estoy de vacaciones... doy clases en una escuela de mimo.

E hizo un gesto como si fuera a hacer "la pared" que hacen los mimos que piden en la calle.

—¿Dónde?

—En París.

—¿Y por qué venís a hacer esto?

—Porque tengo insomnio.

—En serio.

—*(Se rió)*. De verdad *(señaló la taza)*. Demasiado café... ahora me toca a mí, ¿Leonardo es tu novio?

—Me gusta, y él también de mí, pero es muy tímido y no se anima.

—Conozco eso *(Rafa, sonriendo)*.

—Sí, mi mamá me contó.

Rafa abrió los ojos, sorprendido, pero en ese momento regresó Leonardo, la conversación se interrumpió. Continuaron con la última visita. Llegaron al cuarto de un niño que tenía conectadas varias sondas, con sueros, apenas podía mover las manos. Rafa hizo un movimiento pero Ema lo interrumpió:

—¿Puedo yo?

Rafa hizo una reverencia:

—*Avec plaisir, mademoiselle.*

Ema le pidió la nariz, se la colocó, tomó una hoja de papel, la plegó hasta terminar una pajarita. Rafa sonreía sabiendo de dónde venía eso. Ema agradeció los aplausos de la mamá del niño y de la enfermera con una reverencia. Pidió otro papel, se acercó a la cama y se colocó de tal manera que, con una mano de ella y guiando una mano del niño, plegaron el papel entre los dos, hasta terminar otra pajarita. El niño se la ofreció a Rafa.

—Para que te acompañe en el viaje.

—¿Te vas?

Preguntó Ema y él le dijo que hoy se terminaban sus vacaciones, mañana debía regresar a París. Le pidió la nariz, salió de la habitación y entró imitando a la enfermera. Todos reconocieron los gestos que Rafa exageraba, ella se reía y asentía.

Saludaron y caminaron hasta la entrada del hospital donde esperaba el profesor de teatro. Rafa, como una broma, le preguntó en voz baja:

—¿Qué vas a ser cuando seas grande?

—Me gusta el teatro.

Contestó ella, simulando un secreto también.

—Está bien... es un lindo oficio.

El profesor los llamó, Rafa repitió su reverencia:

—Fue un gran placer, *mademoiselle.*

Ema respondió inclinándose como en las películas, tomó un vestido imaginario, apenas dobló sus rodillas, inclinó su cabeza.

Se despidieron con un beso. Regresaron a la escuela con su grupo. Antes de doblar la esquina se dieron vuelta y Rafa levantó la pajarita que Ema había hecho con el niño y le hizo mover las alas, como si volara de Leonardo a Ema. Los dos sonrieron y Leonardo le guiñó un ojo, como diciendo "Sí, ya sé".

Era el mediodía, el cielo estaba azul, intenso. Los árboles dejaban caer sus hojas y algunas personas las barrían para hacer montones y quemarlas. Cada año ése era el profundo y fresco olor del otoño.

Entonaciones

A Gabriela Waisberg y su idea.

Decir "mamá", "vieja", "jefa", como cuando llegamos a casa y queremos saber si está. "Mamá", dicho como cuando le pedimos un vaso de agua, por la noche. "Mamá", como cuando queremos decirle: "Basta, no insistas con eso". "Mamá", como cuando se nos escapa en un grito, ante una situación de peligro. "Mamá", dicho como cuando le presentamos a nuestra persona amada. "Mamá", mordiendo los dientes, con enojo. "Mamá", cuando cerró los ojos. "Mamá", como cuando lo balbuceamos por primera vez. Dicho como cuando no nos conceden algo deseado, y reemplaza a: "Por favor". Como cuando antecede a: "¿Me preparás algo para comer?". "Mamá", como cuando atendemos el teléfono y la llamada es para ella. "Mamá", dicho como cuando nos sorprende con un cambio: peinado, ropa, baile, un curso. "Mamá", como cuando lo que sigue será una mala noticia. "Mamá", respondiendo a nuestro padre que nos pregunta quién tiene la razón. Y ahora "Mamá", también a nuestro padre, que nos pregunta quién cometió un error. Pidiéndole que se apure, pues perdemos el ómnibus. Pero también: "Mamá", como cuando nos apura. "Mamá", cuando abre los ojos, recuperada de la anestesia de una operación. "Mamá...", como cuando le preguntamos si ella se acuerda de un nombre o una situación que no podemos recordar. También como cuando le pedimos que nos disculpe. Decir "Mamá", como cuando no vivimos en el mismo país y llega a visitarnos. "Mamá", en la misma situación, pero cuando nos despedimos. "Mamá", como cuando le anunciamos que será abuela. "Mamá", exclamado como cuando nos da una alegría muy grande. "Mamá", cuando reemplaza a: "No hace falta". "Mamá", ante otras personas, y cuando queremos decirle que no siga, que luego nosotros le explicaremos todo. Dicho como cuando debemos pedirle dinero. Dicho como cuando le pedimos que sea nuestra madre, y que no haga como si fuera nuestra amiga. "Mamá", cuando reemplaza a "Te tenemos una sorpresa". También como cuando reemplaza a: "¿Cómo se te puede ocurrir eso?". "Mamá", puesto en una canción. "Mamá", en un rezo. También cuando hablamos con una persona amiga y le contamos que "mamá" tiene la culpa. "Mamá", en una de esas poesías que les hacen memorizar a los niños para el acto del día de la madre. "Mamá", en un anuncio publicitario. "Mamá" cuando somos hijos adoptivos y conocemos a nuestra madre biológica. Y también "Mamá", dicho por primera vez, luego de haber conocido a nuestra madre biológica, a nuestra madre adoptiva. "Mamá", pero sin mirarla a ella, sino con la vista hacia arriba. "Mamá", inclinando la cabeza.

Amnésicos

—Estamos aquí reunidos para celebrar la... nuestro...

—"Cuarto" *(susurró el vicepresidente).*

—Sí, nuestro cuarto, eso, eh, nuestro cuarto... eh...

En la sala se sintió un silencio incómodo.

—Nuestro cuarto... cómo se llama... *(volteó hacia el vicepresidente, pero él tampoco sabía, levantó la mirada hacia el salón repleto de asistentes).* Nuestro ¿cuarto?

Sobre la mitad de la sala, un muchacho levantó tímidamente la mano, señaló la tapa de la carpeta que les habían dado:

—¿"Encuentro anual"?

—¡Eso! *(aprobó el orador aliviado y la sala estalló en un aplauso).* ¡Muchas gracias por su valioso aporte!

—No, bueno es que estaba escrito acá... *(señaló el joven)* en la... la...

—"¡Carpeta!" *(ayudó otro, la sala se distendió con una risa cómplice).*

—Mejor leo lo que preparé, para no hacerles perder tiempo *(el presidente buscó en su portafolio).* No, acá no está.

—¡Fíjese en los bolsillos! *(gritaron desde el fondo).*

—Sí, claro *(hurgó).* ¡Uy, unas llaves que busqué la semana pasada! No, en éste no.

—¿No serán estos papeles? *(preguntó el vicepresidente).*

—¿A ver? ¡Sí! Ya los tenía encima de la mesa *(aplausos en la sala. Miró la hoja que decía: "Por cualquier cosa: empezar acá").* Bien: El objetivo de este Cuarto Encuentro Nacional de Amnésicos es compartir nuestras experiencias cotidianas para ayudarnos a superar los escollos en los que tropezamos día a día. Lo declaro inaugurado, comencemos ya mismo con las primeras ponencias.

Otro aplauso recorrió la sala. Se fue acallando sin que nadie subiera al estrado. El vicepresidente tomó el micrófono:

—Adelante el primer orador, por favor.

—...*(Silencio).*

—Podemos pasar a un breve receso, pero acabamos de empezar y sería mejor que el invitado para la primera conferencia pasara.

—...*(Murmullo incómodo).* ¿Y quién era? (preguntó uno).

—¿"Quién era" qué? *(el vicepresidente).*

—Ése.

—¿Cuál "ése"?

—El que usted decía recién.

—¿"Yo" decía?

—¿No nombró a alguien, usted?

—¡Si ni hablé!

4
ENCUENTRO
NACIONAL DE
AMNÉSICOS

Se incorporó otro participante:

—Sí, habló... e invitaba a una persona a que fuera con ustedes.

—¿Y para qué?

—Ah, no, eso ya no sé *(el señor se sentó nuevamente).*

—¿Quiere pasar alguien con nosotros?

—¿A qué?

—¡No lo sabemos! *(contestó el vicepresidente desencajado).* ¡Si supiéramos no lo estaríamos llamando!

Un murmullo tenso recorrió la sala. El presidente intentó salvar la situación.

—No nos pongamos nerviosos, caballeros. El vicepresidente sugirió que pase alguno de ustedes y, si alguien tiene voluntad de hacerlo, pasa un minuto y ya. ¿Alguien quiere?

Silencio incómodo de los participantes que evitaban ser escogidos. Uno alzó la mano y se incorporó.

—Yo voy, pero aclaro que no sé bien a qué *(se adelantó en medio de un aplauso).*

Llegó hasta el escenario, se paró frente a todos, miró a los miembros de la mesa como preguntándoles "¿Y ahora?". El presidente le señaló el público. Se volteó, miró hacia el salón, dudó un instante y luego se inclinó en un saludo. La sala rompió en otro aplauso, él agradeció y bajó del estrado con la intención de regresar a su lugar, pero titubeó. El presidente interpretó la situación y preguntó en el micrófono:

—¿Alguien ve una silla desocupada cerca suyo?

Tres personas levantaron la mano, señalando

hacia un hueco entre ellos, y el participante regresó a su asiento. Se aplacó la excitación de ese momento y regresó la inquietud de saber qué seguiría después. Silencio. El presidente retomó la palabra:

—¿Quién más quiere pasar?

Uno levantó la mano, pasó al estrado, lo aplaudieron. Divertido por esa aceptación saludó alzando ambos brazos, como si sacara músculos, la sala se rió, él saludó y regresó al lugar. Pasó otro sin que el presidente se viera en la necesidad de solicitarlo. Hubo aplausos y el participante directamente hizo el gesto de mostrar sus músculos. Risas, aplausos. Luego pasaron otro y otro. Cada uno dobló sus brazos, sacó pecho y adoptó posturas de fisicoculturista. Subió otro participante y preguntó:

—Yo traía una ponencia escrita, ¿quieren que la lea o...?

—¡No! ¡Mús-cu-los! ¡Mús-cu-los!

Respondió la audiencia y comenzaron a batir palmas al unísono. Este participante tenía una prominente barriga y arrancó a bailar en broma, al ritmo de las palmas. Arrojó sus apuntes al aire, buscó a los integrantes de la mesa, armó un trencito que hizo estallar de alegría a la sala. Bajaron del estrado e invitaron a la sala a sumarse al tren. Formaron una hilera enorme. Salieron del salón y del edificio. Ganaron la calle. Como era época de elecciones la policía no se atrevió a dispersarlos. Los escoltaron pensando que querían dirigirse a la plaza frente a la Casa de Gobierno. Ellos, a su vez, entendieron que los guiaban y se dejaron llevar. Se agolparon debajo del balcón principal. El presidente de la República estaba con representantes de la prensa extranjera y salió al balcón, invitando a los fotógrafos a que lo siguieran. Saludó con las manos, pero enseguida advirtió que varios de los manifestantes hacían gestos como de sacar músculos. Interpretó que era una manera de pedirle que debía ser fuerte. Sin dudarlo respondió con el mismo gesto, y pensó para sí que era verdad, el propio pueblo le pedía que fuera fuerte. La gente rompió en aplausos y se unificaron en ese gesto de sacar músculos. Los fotógrafos no perdieron esa oportunidad. El presidente de la República, atento a los *flashes*, redobló su postura de fuerza, con los brazos doblados y el ceño serio y tenso.

Esa imagen dio la vuelta al mundo. En los principales periódicos de Europa fue foto de tapa, así quedó la impresión de que éramos un país de bárbaros, de monos prontos a caer en un período de violencia. Bajó el turismo, decayó la inversión extranjera y aumentaron las tasas de interés para la deuda externa. Pero ya nadie recuerda eso.

Culpa de la lectura, como bien digo

Cuando uno piensa que un libro es, no digamos un árbol, pero sí una rama, y ve la cantidad de libros y revistas que hoy circulan, no puede menos que preocuparse por la falta de sombra que aumenta día a día. ¡El desierto crece! Eso es un hecho, y si cada vez hay menos ramas por culpa de los libros, quedaremos expuestos a los rayos del sol y a que se derritan los casquetes polares, aumentando el nivel de los mares e inundando las costas y sus ciudades tan bonitas.

También se gasta papel en hacer servilletas, en pañuelos, en papel higiénico. ¡Por no lavar un trapito! Porque hasta con un mismo trapito que se lavara bien después de cada uso, sería igual y hasta más práctico. ¿No ven que una rama se puede transformar en papel pero al revés no? ¿No advierten que cada vez que leen un libro es irreversible? ¿Qué van a leer cuando nos quedemos sin sombra y sin oxígeno?

Habría que hacer una comisión de personas (de guardabosques mejor, porque si uno pusiera a intelectuales seguro que dicen que los libros hacen falta, pero ellos no ven los efectos devastadores en los árboles). Habría que crear una comisión de guardabosques, entonces, que evaluara cada libro. Podrían incluso llevar al autor frente a un árbol y preguntarle a conciencia plena: ¿Usted cree que esa porquería que escribe merece que se tale este hermoso árbol y que desaparezca la vida en el planeta? Y más de cuatro arrugarían sus pretensiones entrando en razón.

Después yo mandaría a los que estudian jardinería, a los paisajistas, a los ingenieros forestales, los mandaría a las escuelas para hablar con los niños. Una campaña habría que hacer: "A ver, niños, ¿qué están leyendo? ¿Les gusta? ¿Les hace falta? ¿No estarán estudiando de más? ¿Ustedes se pusieron a pensar que si les da por leer un libro, así al cuete, están arrancando una rama y se va a inundar el mundo convertido en un desierto en llamas? ¿No vieron qué tristes quedan los árboles en invierno cuando se les caen las hojas? ¿Se imaginan si, además, les arrancan las ramas? ¿No tienen corazón, ustedes?"

Leer no es malo, no está mal, pero hay que ser responsables, niños, se los digo yo que llevo treinta años como guardabosques, y cada vez que veo arrancar un árbol para hacer un libro me estalla en el pecho una pregunta: ¿¡Qué necesidad, por favor!? ¿¡Qué necesidad!? ¿¡Por qué esa ambición malsana de la lectura!?

Casas y terrenos

Entra en una inmobiliaria, lo recibe un vendedor.

—Buenas, vengo a comprar un terreno.

—Perfecto, ¿con alambrar o sin alambrar?

—¿Cuál es la diferencia?

—Alambrado es más caro porque es más seguro. Sin alambrar se le puede escapar superficie fuera del terreno. ¿Con árboles?

—¿También es más caro?

—No, al contrario, porque al estar sin árboles usted va y no tiene que hacer nada, en cambio si tiene árboles hay que cuidarlos... son muchas cosas. ¿De qué superficie estaríamos hablando?

—Tres hectáreas.

El vendedor despliega un mapa, ofrece algunas posibilidades. El comprador se entusiasma con uno.

—Usted ahora me da el cincuenta por ciento de adelanto, y el resto me lo da en la entrega, ¿dónde se lo entregamos?

—¿Perdón?

—Que dónde le entregamos el terreno.

—Me imagino que el terreno estará donde lo compré.

—*(Sonríe con superioridad)*. No, mi amigo, porque usted lo compró acá, y acá no lo tenemos, ¿ve? Nosotros entregamos a domicilio.

—¿Cómo me va a entregar un terreno a domicilio?

—Llevándoselo.

—¡Pero dónde, por favor! Si, precisamente, compro un terreno, para construir y tener un domicilio.

—Mi estimado señor, usted estará en algún lado.

—¡Enfrente suyo!

—*(Con ironía)*. Pero no querrá tener su terreno en nuestras oficinas, ¿no?

—¡Yo le di un adelanto por un terreno y ahora quiero tenerlo!

—*(El vendedor trata de imponer la calma)*. Estimado amigo, sea razonable, si usted no indica un domicilio, ¿dónde piensa recibir sus compras?

—¿¡Cómo voy a tener domicilio sin superficie!?

—Eso tendría que haberlo pensado antes de realizar la operación.

—¡Devuélvame mi dinero!

—¡Imposible! ¡Ahora es nuestro dinero!

—¡Entonces exijo mi terreno! ¡De inmediato!

—¿¡Y se lo va a llevar en los bolsillos!? ¡Son tres hectáreas! ¿¡En los bolsillos se las pondrá!?

El comprador comienza a sentirse derrotado ante estas típicas trampas de los vendedores, que no aclaran las condiciones de una venta.

—¿Y en qué plazo entregan el terreno?

—Son diez días por cada hectárea comprada, a partir de que usted nos da un domicilio.

—¿Y dónde tienen el terreno, ahora?

—En depósito.

—¿No vienen terrenos ya con un domicilio?

—Señor, lo que usted pide no tiene lógica.

Te regalo un espejo

Te regalo un espejo
en el que todo se ve al revés,
como siempre en los espejos;
pero en éste, además, te verás cada año más joven
hasta que seas un bebé y desaparezcas.
Depende de ti
acordarte de que
la vida no transcurre en él,
es sólo un espejo.

No lo abras hasta llegar a tu casa

Arranco una hoja en blanco. En la parte superior dibujo una estrella de cinco o seis puntas desparejas. En la parte inferior trazo una línea y ése será el horizonte. La primera estrella, en verdad, es el planeta Venus. Espero unos minutos y en la parte de arriba a la izquierda dibujo otra estrella. Al rato otra más, debajo de Venus. Espero un momento y dibujo tres estrellas seguidas, cerca del horizonte. Al rato hago una más, y un momento después dibujo cinco de un solo trazo. Inmediatamente el fondo de la hoja vibra y comienza a teñirse de azul. Hago una serie de puntos derramados, que serán el corazón de la Vía Láctea. El azul ya brilla intensamente y la tierra, que estaba debajo del horizonte, tiende a oscurecerse. Doblo el papel y escribo: "Para vos". Y firmo.

Te lo hago llegar y, si me hacés caso, si sólo lo abrís en tu cuarto a puerta cerrada, el brillo azul inundará tu habitación en cuanto comiences a desdoblar la hoja, las estrellas tomarán sus posiciones en el techo, en el mismo orden en que dibujé ese atardecer. Quedarás rodeada de azul y podrás repetir esta magia muchas veces, hasta que se gaste la tinta, o mi amor o tu amor cambien. O no cambien nunca. Doblás la hoja y se guarda, abrís la hoja y te cuenta.

Nadie te creería

A Fernando Ulloa

Voy a contar un secreto. Cuando yo era chico a mi mamá se le salía la cabeza. Era insoportable verla así. Temía que nunca volviera a colocársela, entonces yo debía hacerlo. También pasaba que mi padre regresaba del trabajo sin sus brazos y yo debía señalarle que se los había olvidado o se los había dejado quitar. A veces volvía tan cansado que no quería regresar y decía que al otro día iría por ellos. Pero yo no aguantaba la idea de que alguien los tomara y no volvieran a aparecer. Los buscaba. El caso de mi padre era complejo pues cuando discutía con mamá se quedaba sin rostro. Y debía ser yo quien, con mucha paciencia y sin asustarme, le colocara primero la nariz, para que pudiera respirar, luego la boca. Los ojos siempre últimos, para que no se asustara. Ella también quedaba mal, se le desarmaban las piernas y era incapaz de ir a ninguna parte. Aprendí a colocarle las rodillas, los pies, y al rato caminaba aunque sus primeros pasos eran muy pesados. A mi papá lo echaron de los trabajos varias veces, y en cada ocasión tardó días en regresar a casa. Mi madre pasaba del susto al enojo, pero no salía a buscarlo; entonces iba yo. Una vez no me reconoció y no quería volver conmigo pues no sabía quién era ni a dónde lo llevaría, se quejaba. Tuve que mentirle para que me siguiera.

Trabajé tanto que, durante esos años, me dormía sobre el pupitre. Sin embargo nadie se burlaba ni los maestros me retaban, porque sabían qué ocurría en casa. Vivíamos en una ciudad pequeña, de ésas en las que todos se conocen. Lo cierto es que no me dormía porque tuviera sueño, era algo más bien raro. El maestro empezaba a hablar y yo sentía una plácida somnolencia que me invadía. Tuve tres maestras y dos maestros, de distintas edades, pero todos tenían algo suave en la voz, como un ronroneo, un sonido aterciopelado en la garganta. Era tan extraño que no podía prestar atención a lo que decían sino a ese sonido. Me concentraba en él, como cuando uno lee un libro que lo atrapa, y según yo eso hacía; pero según los demás me había dormido.

Luego regresaba a casa y tal vez debía calentarme algo para comer, o quizás mamá había cocinado algo delicioso y papá había comprado un vino caro y eran muy felices. Entonces yo también, y éramos muy felices. Su felicidad no se podía comparar con nada en el mundo. Era la única cosa capaz de hacerme olvidar el sonido de las voces de mis maestros, porque ella sola, esa felicidad, era suficiente. Una de esas ocasiones mi padre dijo una frase que me quedó para siempre: "La vida es una gran fuente, y si uno tiene un recipiente sano, hasta la más pequeña taza sirve para calmar la sed". Y me despeinó con su mano. Entonces no entendí qué había querido decir, hoy sí. Pero esos momentos tan radiantes eran muy frágiles, no duraban, porque ellos eran como un recipiente roto, por usar sus palabras, y se ve que nada de esa fuente les era suficiente, quiero decir, todo se les volcaba. Y era tan poca agua la que llevaban a la boca. Y eran muy infelices y tristes, y se les caía el rostro, los brazos, o perdían la cabeza, que es lo que conté antes. Hasta que llegaban otra vez esos momentos de felicidad incomparable.

Una noche una mujer me sacó volando de la casa. Me sentó frente a una mesa llena de manjares. Sándwiches de tres o cuatro capas, refrescos de todos los gustos, dulces y quién sabe cuántas cosas más. Llenó mis bolsillos de dinero, se agachó para estar a mi altura y dijo, amablemente: "No es tarea de un niño hacer esos trabajos por sus padres". Pero si no los hago yo, ¿quién los hará?, le repliqué. "Quizás nadie, pero no debe hacerlos un niño", insistió. Pero si no lo hago nadie lo hará. Y entonces esto fue lo que me respondió: "Hay que dejar que nadie lo haga". Y me devolvió a mi cama. Y ése es mi secreto.

Cómo fue

.vida mi de hermoso más día el era y zapatillas las sobre flotando casa mi a regresaba Yo. querías me también que decías Me. estallido un, nuevo río un como, corazón tu de fondo del brotaba que felicidad una con Sonreías. quería te que decía Te. verme de contenta puerta la abrías vos y casa tu a iba Yo

Uno, dos, tres

1

No estoy
dentro de mi camisa,
debajo del pelo,
más acá de mis bolsillos,
encima de los zapatos,
detrás de mis ojos,
metido en estas palabras,
delante de mi espalda,
más allá de mi cuello.
No estoy
a la hora de la cita,
ni con el brazo envuelto por un reloj.
Con mi nombre en una agenda.
En tu pensamiento.
No estoy.
Atrás tuyo.
No hago así con la mano,
ni fui al puerto ni al aeropuerto,
ni regué el jardín.
Sólo en el pasillo de los hospitales infantiles
me han encontrado,
al lado de una madre, mientras una enfermera

subía su hija a la camilla
rumbo a la sala de operaciones. Y ella la miraba
con una sonrisa de "está todo bien" y los ojos húmedos.
En un ratito nos vemos, hijita.

2

Me puse en la fila
frente al negocio de ese que parecía zapatero o carpintero
y arreglaba todo.
Éramos:
un pájaro con un ala quebrada.
Un muñeco de Pinocho, de madera auténtica
y al que le faltaba un brazo.
Un padre con una carta incompleta.
Dos hermanitos: un niño y una niña,
tomados de la mano,
con un paquete hecho de papel periódico.
Una señora francesa, con una bolsa rota,
tan pobre como educada (me saludó:
"Bonjour, monsieur").
Y yo con el corazón de madera roja y la cuerda
que quién sabe qué le pasa.

3

Esta mañana, temprano, al salir a la calle
encontré frente a mi puerta seiscientos
cuarenta y siete
signos de pregunta.
¿Me quieren decir quién fue el gracioso?

Hoja en blanco

Ato solene

Antes de que nada quiero significar que es un alto honor para mí poder haber podido liegado a ser diretora de este establecimiento escolar de enseñanza, aunque más no fuera que todo se justefica en haber liegado al día de que hoy para poder recibir con mis humildes palabras que pude haliar al tan alto conjunto de personas que hoy se han acercado a nosotros a tal efecto.

Se encuentra entre nosotros, enchiéndonos de orguliecimiento *(comienza a jugar con su zapato y se le sale)*, la bisnieta del fundador de nuestra escuela: la señorita Írpides de Loza. Otro aplauso para elia también... pobre mujer.

Y bien, ahora sí: altísimas autoridades, señorita inspectora, señorita secretaria, señoras maestras, señoras porteras, alúcnos, y ¿por qué no también? señorita vicedirectora que también es un ser humano como todos, ¿no? Antes de iniciar con este acto solegne vamos a oír una canción que hice dedicada al escudo de la cooperadora y que le puso música la señorita Esther, de Actividades prácticas. Oigamos el disco con atención que allí lo canta el profesor de Gignasia.

"Tras su halo de aureólico estigma,
de perfiles de fébico ardor,
impoluta, la insignia sonriente
al futuro da su corazón.

En los campos resuena la imagen
con su rostro severo de orgullo,
dando gesta a los gritos infames,
fulgurando resuelta el triunfo.

Clamorosas las huestes avanzan
perspicaces, broncíneas, sin fin.
Repicando las épicas glorias
que la historia proclama al clarín.

Nuestra tierra reclama la heroica
a la nunca tan bien aludida:
¡Grande esfinge sonora y sagrada
de la plúmbica causa sin prisa!

Un futuro de grandeza
nos espera a todos nosotros
¡Huyamos en su procura!
¡Huyamos pronto!".

¡Muy bien! ¡Qué hermosa! ¿No'cierto? Bien. En todos los atos leo algo que traigo preparado y hoy quisiera hacerlo con algo que escribí inspirada en los ninios. *(Deposita su mirada sobre todos los presentes, pone los ojos en blanco, se demora, y empieza).*

¡Ninios! Sóis como suaves palomilias que se albergan en los prístinos pliegues de vuestros corazoncitos de algodón. La vida, con sus dones explendentes, aún no os ha golpeado con su sufrimiento de pecado y castigo mortal en el infierno terrestre. Por eso os dirijo estas breves palabras lienas de amor, para guiaros y prepararos... ¡Quinto grado! ¿¡Se quieren quedar quietos por favor que estoy hablando!? ¿¡Dónde está la maestra de ese grado!? *(hace una pausa dramática).* Estáis en la edad más dorada y anhelada: la infancia. No cejaréis de intentar infinitos caminos dorados, porque es propio y natural de vuestra ingenua edad que tenéis el don de creer en la esperanza con su liama candorosa de esplendor. Pero cuando la vida os empiece a mostrar su verdadera cara, y el arco iris de vuestros sueños se corra dejando lugar a la lucha cruel, al dolor, al sacrificio inútil, a la culpa de no ser merecedores de más amor, no penséis ni por un milímetro que ese dolor y ese sufrimiento que os espera mañana ha sido en vano. Pensad más bien que podréis buscarnos. Liamadnos padres y madres si os lo precisáis, porque eso somos con nuestro amor... ¡Primer grado va a seguir el ato de pie hasta el final si se siguen haciendo los graciosos!... padres y madres si os lo precisáis porque eso somos con nuestro amor. Aplausos, por favor. Muchas gracias.

Bueno, hoy nos reúne un hecho que no por menos singular es más que importante. Todos lo sabemos porque hemos estado ollendo trabajar a los albañiles abnegados, que hoy no pudieron venir, pero igual los invitamos y quedamos que van a pasar otro día.

Mientras ustedes ninios estaban tranquilos en las aulas, contentos de estar entre maestros y amigos, elios trabajaban y trabajaban para nosotros. ¡Sí!

Y gracias al esfuerzo de elios que se lo pagamos con la invalorable alluda de las altas autoridades presentes y de la cooperadora, y del escudito que está a la venta a la salida del ato de hoy, podemos decir todos, y con el mayor de los orgulios: ¡Sí! ¡Sí! ¡Sí! ¡El bañito del despacho de la cooperadora está terminado! ¡Sí! ¡Es nuestro! ¡Lo logramos con nuestros esfuerzos y, al usarlo, también nos esforzaremos... en cuidarlo! ¡Sí! Está aquí gracias a la nuestra lucha cotidiana de todos los días. Y no importa que todavía no podamos usarlo porque, como todos saben, la cooperadora se lo dona a la provincia, pero la escuela pertenece al ministerio, entonces todavía no se puede usar porque: o bien la provincia dona el bañito al ministerio, o bien el ministerio dona la escuela al bañito... perdón, a la provincia. ¡Pero no importa! Porque el ministerio y la provincia son la Patria y con estas obras la estamos haciendo crecer. Ahora la Patria tiene un pedazo más en nuestra escuela, ¿No'cierto?

Por eso nos reunimos: porque crecer es educar y avanzar es ir hacia el futuro. Porque la grandeza la vamos a lograr entre todos y por eso hoy somos más que antes aunque mañana seamos menos que ahora y cada día nos traiga el Sol con sus ralios de oro y la Luna con sus ralios de plata y su fulgor de los astros del cielo que nos sigan aliudando iluminando nuestras obras. Estos niñitos que hoy vemos temblando de emoción en nuestras aulas, mañana serán los hombres que seguirán haciendo más mañana y avanzando y aumentando la riqueza de nuestro amor en nuestros corazones. ¡Fernández sacate la mano de ahí que te estoy viendo! Bueno... y ahora vamos a terminar

con la participación de los chicos, que siempre esperan los papás y las maestras preparan con tanto trabajo durante meses, con la ilusión de que liegue el día tan anhelado. Primero va a pasar Raúl Cardales, de cuatro años, de la salita azul de la señorita Viviana... ¿Estás listo, mi amor? *(desde el fondo se oye grito y llanto).* Bueno, a ver pasá Raulito *(entra el niño, entre enojado y asustado).*

Señorita Viviana: —Dale, Raulito... *(silencio).* ¿No te acordás de lo que hiciste con la señorita?

Raúl: —(La mira y niega con la cabeza)...

Señorita Viviana: —Lo del acto... ¿Querés que me quede acá con vos?

Raúl: —(Hace que no, con la cabeza).

Señorita Viviana: —Mirá que están esos señores importantes y qué van a pensar, ¿eh?

Raúl: —(Rompe en llanto).

(Interviene la directora). Bueno, bueno, no importa. Los chicos son así, se ponen nerviosos y se traban un poco, a él no lo hacemos pasar nunca más a un ato y listo. Ahora va a pasar a decir una copla Daniela Mosini, de tercer grado B, y la escribió ella misma, así que: calladitos todos.

(Pasa la niña, muy contenta; se ubica lejos del micrófono y no se oye, la directora le hace señas para que se acerque, ella se pega demasiado al micrófono y el sonido se satura, interviene nuevamente la directora).

—No, Danielita, ponete como te enseñamos.

(La niña mide una cuarta con la mano y comienza entusiasmada).

"Talán talán, suena la campana
en la mañana bien tempranitos..."

(Se queda callada, abruptamente, revolea los ojos).

"Talán talán, suena la campana
en la mañana bien tempranitos..."

(Se queda muda, mira hacia el público y dice: "Ay, me olvidé", se escucha el susurro de una maestra, y ella arranca decidida).

"Talán talán, suena la campana
en la mañana bien tempranitos
y por la tarde después de la escuela
vuelvo a mi casa bien derechitos".

(Saluda inclinándose efusivamente y, con la cabeza, choca el micrófono que casi se cae, interviene la directora sosteniéndolo).

¡Muy bien! ¡Muy bien! ¡Al fin uno que vale la pena! Raúl, tesoro. ¿Viste que ella lo dijo bien y sin hacer ningún papelón? ¿Querés probar de nuevo, querido? *(desde el fondo se oye grito y llanto)*... ¿No? Bueno, está asustado todavía.

Y ahora va a pasar Fernando Lordani, de sexto grado, a leer algo que él mismo escribió... Miren lo que son capaces los chicos, yo llevo treintaisiete año de directora y nunca me dejo de asombrar de que los chicos son capaces, cómo que no... Bien, a leer algo que él mismo escribió para el escudo de la cooperadora.

(Lee con voz desabrida, tono monocorde).

"¡Gloria y prez de mi corazón! En mi alma de niño refulges rutilante cual una guía sublime, una estrella majestuosa y resplandeciente que me llevará a la cúspide de los vencedores, al pináculo del bronce eterno que es el anhelo de mi alma de niño.

Tú eres el pregonero de bondad infinita *(sin dejar de leer, se rasca)*. Tú, generoso blasón, eres la joya portentosa que no cambiaría ni por el oro de mil musulmanes al que aspira mi alma de niño. Ya terminé".

¡Muy bien, Fernandito! ¡Qué lindas esas palabras que escribistes vos solo sin la ayuda de nadies! Y ahora los saludaré yo para cerrar este modesto ato solene.

El fruro tuto... no. El froruf... ¡El fruto futuro se abre para vosotros y para vuestras lúmines promesas! ¿Edificarafarí... ¿Edicafiricara... ¿Efi...? No. ¡Segundo grado! ¿¡Se quieren quedar quietos que nos distraen a todos!? ¿Edificaríais un ninfeo altar si así os lo demandaríaismos? ¿Trajarabara... ¿Trabariájara...? ¿tra... eh? ¡Yo confío en que sí! ¡Estoy convencida de que sí! Y por eso mañana, al vernos pasear por las calles, vosotros de las manos de vuestros hijos y de vuestros padres y abuelos y vuestras familias, todos así juntos de la mano quizás paseando, al vernos, os le diréis al oído: ¡Mirádosla! ¡Mirádosla! Allí va la que donó su sangre y su corazón y sus años más felices en ignotas aulas para tratar de hacer de mí, hijo mío, un padre o una madre de bien que te pudiera criar. ¡Hijo mío! Aliá va mi segunda madre, tu quinta abuela, la hermana de la segunda madre que tú, también así como yo, tu padre, y tu madre tenemos y tú también tienes en tu escuela. Nada más, aplausos. Muchas gracias.

ATENCIÓN AL LECTOR

Usted está leyendo un libro. Si conoce lo que busca vaya a esa página. Para historias de amor: capítulo 1. Romances con final triste: página 56. Historias con final feliz: página 73. Para historias de acción: capítulo 2. Historias en selvas y bosques: página 103. Historias en desiertos y guerras: página 156. Historias de terror: capítulo 3. Aparecidos y fantasmas: página 207. Vidas más allá de la muerte: página 246. Para regresar al menú anterior: busque el índice. Y si no, aguarde y será escrito.

Índice

LUIS MARÍA PESCETTI

www.pescetti.com

Nació en San Jorge, Santa Fe. Es escritor, actor y músico. Trabajó en televisión y conduce programas radiales y actúa en espectáculos para niños. Ha realizado discos con canciones infantiles humorísticas: *El vampiro negro, Cassette pirata*, *Antología de Luis Pescetti* y *Bocasucia.* Entre los premios internacionales que ha recibido por sus obras, mencionamos *The White Ravens*, que lo obtuvo en dos oportunidades, *los destacados de ALIJA*, el premio *Casa de las Américas* y el Premio *Fantasía.*
Su amplia producción de libros para niños es reconocida en Latinoamérica y España. Sus títulos más exitosos son: *Caperucita Roja, tal como se lo contaron a Jorge, Natacha, El pulpo está crudo, Frin, ¡Buenísimo, Natacha!*, *Historias de los señores Moc y Poc*, *Chat Natacha chat* y *El ciudadano de mis zapatos (para adultos).*

Otros títulos del autor en Alfaguara

Caperucita Roja (tal como se lo contaron a Jorge)

El pulpo está crudo

Natacha

¡Buenísimo Natacha!

La tarea (según Natacha)

Frin

Historias de los señores Moc y Poc

Esta primera reimpresión se terminó de imprimir en el mes de mayo de 2006 en Color Efe, Paso 192, Avellaneda, Buenos Aires, República Argentina.